*Se busca al pirata Garrapata,
perdido en las tierras misteriosas de África.
Se recompensará con un millón
de carcajadas.*

A JUAN Y JOAQUÍN, MIS HIJOS.

Buscadlos, buscadlos
debajo de la gota de cera
que sepulta la palabra de un libro...

RAFAEL ALBERTI

*T*ERMINABA *yo mi segundo Garrapata en la taberna del Sapo Verde, cuando el capitán pirata, que se resistía a morir, se levantó de la mesa y gritó:*

—¡Posadero, una jarra de tinta para el autor!

Yo lo tomé a broma.

Mas ahora que se amontonan sobre mi mesa cartas y cartas pidiendo su retorno, he vuelto a la taberna.

Pero estaba vacía.

Ya no había risas, ni gritos, ni juramentos. ¿Dónde se habían ido?

Los busqué y no los encontraba. Nadie sabía de ellos. Sobre la mesa quedaba la jarra, llena aún de tinta fresca.

Entonces mojé la pluma, moví la mano y empezó a surgir sobre el papel la alegre algarabía de mis personajes.

¡Qué alegría volver a oír sus viejos juramentos, sus gritos, sus carreras...!

Y aquí los tenéis de nuevo si abrís las páginas del libro.

El pirata Garrapata en África

Juan Muñoz Martín

www.literaturasm.com

Primera edición: octubre 2001
Decimoquinta edición: enero 2012

Dirección editorial: Elsa Aguiar
Coordinación editorial: Gabriel Brandariz

© del texto: Juan Muñoz Martín, 2001
© de las ilustraciones: Antonio Tello, 2001
© Ediciones SM, 2001
   Impresores, 2
   Urbanización Prado del Espino
   28660 Boadilla del Monte (Madrid)
   www.grupo-sm.com

ATENCIÓN AL CLIENTE
Tel.: 902 121 323
Fax: 902 241 222
e-mail: clientes@grupo-sm.com

ISBN: 978-84-348-8215-7
Depósito legal: M-10317-2011
Impreso en la UE / *Printed in EU*

Dramatis personae et animalia
(Por orden de aparición)

1. Una paloma
2. Un gato
3. Sir Philis Morris (cónsul inglés)
4. Los patacos de seis patas
5. El león
6. Las chinches
7. El rinoceronte
8. Un saltamontes
9. Banana
10. La hiena
11. Los monos
12. Mariposas gigantes
13. El águila
14. Los avestruces
15. La hermosa Casilda
16. Los búfalos
17. La tribu de los peluqueros
18. Moscas tsé-tsé
19. El cocodrilo
20. Pascasio, el orangután
21. El hipopótamo

1

Jugando al parchís. Una paloma.
Soy Floripondia. Rumbo a África.
¡Bugui, bugui! El Salmonete I. La ballena
a cuestas. Dos mil kilómetros.

ERA UNA MAÑANA de primavera. El sol lucía
en el cielo. Un hermoso velero surcaba las aguas
del océano.

En su bandera negra tenía pintada una cala-
vera. Carafoca vigilaba el mar con el catalejo del
revés.

–¡Qué pequeño se ve todo! –exclamó el pirata.

En la bodega, los piratas gritaban mientras ju-
gaban al parchís. En un rincón, el capitán Garrapata lloraba. Hacía años que Pistolete se había llevado a la infeliz Floripondia en el *Salmonete I*.

–¿Dónde estará? –gemía Garrapata.

Miss Laurenciana hacía calceta en un taburete.
El teniente Lechugino sacaba punta a su sable con
un sacapuntas.

—¡Enemigo a la vista! –chilló Carafoca desde arriba.

Los piratas cogieron los sables y subieron la escalera a empujones. Miss Laurenciana subió con el rodillo de la cocina.

—¡Zafarrancho de combate! –ordenó Garrapata.

Los marinos limpiaron las telarañas de los cañones. Lechugino trajo dos barriles de pólvora. El Chino subió los cuchillos de picar carne. Todo era ruidos, carreras y pisotones.

—¿Dónde está el enemigo? –preguntó Garrapata.

—Allí. Cinco grados a estribor.

Garrapata miró y rechinó los dientes.

—Cobardes. ¡Pero si es una paloma!

—Ya lo sé. ¿Y si nos pica?

Garrapata dio un bofetón a Carafoca. La paloma llegó y se posó en el mástil.

—¡Tiene una calta en el pico! –gritó el Chino.

—Sube a por ella –ordenó Garrapata a Carafoca.

—No, que me pica.

Ningún pirata se atrevía a subir. Por fin subió el Chino y cogió la paloma del pescuezo. El capitán leyó la carta y cayó desmayado; la leyó Carafoca y cayó desmayado. El doctor Cuchareta se agarró al palo mayor y la leyó en voz alta:

–«Soy Floripondia. Estoy en África, en la tribu de los tragaldabas. Me van a comer. Venid pronto».

–¡Yo no voy! –chilló Carafoca dando un salto.

–¡Cobarde! –gritó Garrapata levantándose.

–¿Cobarde yo? ¡Allá voy! –aulló entonces Carafoca, lanzándose de cabeza al agua.

Garrapata lo agarró de una pierna y lo metió otra vez en el barco.

–¡Espera! Iremos todos.

–¡Hurra! –gritaron los piratas, dando saltos.

Miss Laurenciana lloraba de alegría. La ballena que acababan de pescar empezó a dar coletazos alegremente.

–¡Rumbo a África! –chilló Garrapata.

–¡Rumbo a África! –gritaron todos, muy contentos.

–Sí, ¿y dónde está África? –preguntó el timonel.

Garrapata se rascó la cabeza.

–Pues no lo sé.

Carafoca se dio una palmada en la frente y exclamó:

–¡Preguntaremos a un guardia!

–Bueno, ¿y dónde está el guardia?

En esto la paloma echó a volar.

–¡Que se va la paloma! –lloraba Carafoca.

–¡Seguidla! –ordenó Garrapata.

–¡Es verdad! ¡Nos llevará a África!

El *Salmonete II* largó todas las velas y persiguió a la paloma. El viento era favorable, y el barco corría velocísimo cuesta abajo.

–¿Qué velocidad llevamos?

–Cien kilómetros por hora.

–¿Qué tierra es esa?

Calabacín miró por el anteojo y leyó en un cartel con letras muy grandes.

–«África».

–¡Hurra! –gritaron los marineros.

–Mirad. Allá está el *Salmonete I.*

Era Zanzíbar. Una ciudad bellísima. Hombres de piel negra vestidos de blanco y hombres de piel blanca vestidos de negro paseaban por las calles.

–Enfilad el puerto –ordenó Garrapata.

El barco, que llegaba lanzado cuesta abajo, se dio contra un bergantín cargado de huevos de avestruz.

–¡Tortilla a babor! –gritó Carafoca.

El bergantín se fue a pique. El *Salmonete II* fue a embarrancar al lado de un almacén de botijos, y no quedó uno sano.

–¡Bugui, bugui! –gritaba la exaltada muchedumbre que abarrotaba el puerto.

—¡Cha, cha, cha! —chilló Carafoca bajando por la escalerilla.

Los nativos se abalanzaron sobre él, dando aullidos. Hermosas mujeres llevaban coronas de flores.

—¡Que me aplastan! —chilló Carafoca corriendo.

Garrapata quiso levar anclas, pero alguien le dijo:

—Aguarde un momento.

Los nativos alcanzaron a Carafoca. Uno muy alto frotó su nariz en la nariz de Carafoca, en señal de respeto.

—¡Cochino!, ¿no tienes pañuelo? —gritó Carafoca.

Una hermosa joven, llamada Casilda, le dio un beso en una oreja, y el pobre pirata se puso como un pimiento.

—Vamos al *Salmonete I* —ordenó, riendo, Garrapata.

Abrazaron con lágrimas los palos, las puertas y las sillas.

—¿Hay alguien? —preguntó Garrapata.

—¡Sí! —gritó Carafoca en la bodega.

—¿Quién es?

—Un gato.

—Es el de Floripondia —exclamó Chaparrete.

El gato fue subido con todos los honores. Los marineros lo abrazaron, y Garrapata, enternecido, le dio un beso en el hocico. El gato, a cambio, le soltó un arañazo.

–Metedlo en un saco –ordenó Garrapata.

La Armadura cargó con el saco y lo llevó a tierra mientras sonaba la banda de música. En esto llegó en un caballo el cónsul inglés, vestido con un sombrero de paja y pantalón corto.

–¿Va usted a la escuela? –preguntó Carafoca.

–No. Yo soy Philis Morris, el cónsul inglés.

Garrapata lo abrazó y le dio un pirulí. El cónsul, muy contento, invitó a los oficiales a una horchata de piña en un cafetucho.

–¿Ha visto piratas por aquí? –preguntó Carafoca.

–Sí, hace un año bajaron de ese barco.

–¿Y adónde fueron?

–Por allí. Hacia la tribu de los tragaldabas.

–¿Muerden?

–No. Se tragan a los hombres crudos. Y también están los «cabezas de ajo».

–¿Comen sopas de ajo?

–No. Cortan las cabezas y las reducen como la cabecita de un alfiler.

—¡Qué emocionante! —dijo Carafoca.

—¡Huyamos! —gritaron los piratas corriendo hacia su barco.

—¡Cobardes! —rugió Garrapata.

El capitán, a latigazo limpio, les hizo bajar los cachivaches del barco: sartenes, faroles, sillas, mesas, camas...

—¿Llevamos las armas? —preguntó Lechuguino.

—Bueno. Serán un estorbo, pero llévalas.

Se cargaron diez carros tirados por patacos, una especie de vacas que tienen seis patas.

—¡En marcha! —gritó Garrapata.

La ballena empezó a dar coletazos al sentirse olvidada.

—¡Que nos dejamos la ballena! —gritó Carafoca.

—¡Es verdad! —exclamaron todos.

Entonces la ballena fue colocada en una especie de cama gigantesca hecha con ramas.

—¡En marcha! —gritó Garrapata.

Los cincuenta piratas arrimaron el hombro, levantaron la ballena y comenzaron a andar.

—¡Uf! ¡Cuánto pesa! —gritó Carafoca.

—Yo os ayudaré —respondió Garrapata; levantó el látigo de las siete colas y la emprendió a latigazos con sus marineros.

–¡Gracias por la ayuda! –dijo Carafoca, rascándose la espalda.

Los niños nativos corrían a su lado despidiendo la caravana. Mister Philis Morris miraba con la boca abierta.

–Están locos. ¡Cruzar África con una ballena!

Garrapata lo cogió del pescuezo y lo subió a un carro.

–Gracias por acompañarnos –dijo después.

La caravana marchaba alegremente por una llanura de cardos. Los marineros iban con la lengua fuera.

–¿Cuánto faltará?

–Muy poco. Dos mil kilómetros –dijo Garrapata.

–¡Menos mal! –exclamó Carafoca.

2

El león. Compra de esclavos.
Atacan las chinches. La caza del saltamontes.
Un rinoceronte. ¡Bah!, está muerto.

–¡Uuuuuum!

En un recodo del camino resonó en la maleza el terrible rugido de un león.

–¡Caramba! ¿Quién habrá estornudado? –preguntó Carafoca.

–Es un león –respondió Chaparrete.

«Estará acatarrado», pensó Carafoca.

–¿Un león?

Los hombres tiraron la ballena y salieron corriendo.

–¡Cobardes! –rugió Garrapata, dando latigazos a diestro y siniestro.

Los piratas se reagruparon poco a poco.

–¿Y el león?

–No hay cuidado. Cuando ruge, es que ya ha cogido a su presa –dijo Chaparrete.

–¿Y quién será el desgraciado?

Carafoca se quedó blanco. Contó a todos, uno por uno, y exclamó:

–¡Soy yo! ¡Me ha comido el león!

–Es verdad. ¡Pobre Carafoca! ¡Con lo bueno que era!

Los hombres se acercaron a la maleza. Un brazo y una pierna ensangrentados yacían en el suelo.

–¡Atiza, no es el tonto de Carafoca!

–¡Menos mal! ¡De buena me he librado! –dijo Carafoca.

–¡En marcha! –gritó Garrapata.

Los piratas cogieron la ballena y siguieron su camino. No habían andado veinte pasos cuando Carafoca, que iba el primero, se tropezó con una piedra. ¡Cataplum! Todos los piratas tropezaron, y la ballena se vino abajo.

–¡Así no llegaremos nunca! –gritó Garrapata, desesperado.

–¿Comemos? –dijo Tocinete sentándose en una piedra.

–Sí –afirmó el Chino–. Voy a hacel la comida.

Los piratas descargaron la cocina, y el Chino puso a cocer patatas con carne salada. Luego echó azúcar y sirvió la comida en una larga mesa.

–Lavaos las manos, que oléis a ballena –dijo Garrapata.

Los piratas se pusieron en cola detrás de la palangana y se lavaron las manos. Luego se sentaron en las sillas y comieron con apetito. De pronto, Carafoca empezó a reírse a carcajadas.

–¿Qué te pasa?

–Nada, que me hacen cosquillas.

–Será una hormiga.

–No. Es un perro, me está lamiendo una pierna.

Un enorme león se había acercado hasta la mesa, atraído por la comida. Era sin duda el que se había merendado al pobre hombre.

–¡Qué perro más bonito! –dijo Chaparrete.

–Es un fox terrier –dijo Garrapata.

–No, es un caniche –dijo el Chino.

–A ver si nos cortamos el pelo –dijo Carafoca tirándole de una oreja.

El león abrió una boca terrible.

–Tiene sueño el angelito –dijo Carafoca.

El león, de un bocado, se comió el trozo de carne que tenía Carafoca en el plato, y este se enfadó.

–¡Chucho! ¡Chucho! ¡Vete de aquí!

Carafoca le tiró unas piedras, y el león se fue con el rabo entre las piernas. Garrapata sacó de la mochila su libro de animales y hojeó las estampas.

–Voy a ver qué animalito es.

De pronto, dio un salto y gritó:

–¡Era un león! ¡Un león!

Los piratas tiraron la mesa patas arriba y se subieron a un árbol. Allí pasaron toda la noche temblando hasta que amaneció y Garrapata gritó:

–¡Bajad, cobardes!

Los marineros bajaron, y Garrapata preguntó desde lo alto del árbol:

–¿Hay peligro?

–No.

–¡Pues adelante! ¡Coged la ballena!

La ballena acababa de despertar. El Chino le dio el desayuno: cuatro sacos de hierba y una canasta de tomates. La ballena dio un coletazo, y el Chino dijo:

–Tiene sed.

Los marineros la acercaron a un manantial, y la ballena bebió durante dos horas. Después, los hombres cargaron con ella.

–Pesa más que antes. No podemos llevarla.

–¡Claro! ¡Está llena de agua!

Garrapata se tiraba de los pelos. De pronto, empezó a oírse una canción lúgubre y quejumbrosa. Una gran polvareda se alzaba sobre los matorrales. Los piratas se subieron otra vez al árbol.

–No sé para qué hemos bajado –dijo Carafoca.

Una larga caravana de hombres desembocó en la llanura donde estaban los piratas. Venían atados con una larga cuerda. Un hombre delgado, cubierto con una camisa blanca, llevaba un látigo en la mano, con el que azotaba a aquellos desgraciados.

–¡Qué malvado! ¡Cómo pega! –dijo Carafoca.

–Son prisioneros –dijo Garrapata–. Seguro que le deben dinero.

–¿Y si los contratáramos? –dijo Chaparrete.

–Sí. Podrían llevar la ballena –exclamó Garrapata.

El pirata se acercó al terrible explotador y le preguntó:

–¿Podríamos contratar a sus hombres para transportar la ballena?

–Sí. A euro el kilo.

–¡Caramba! ¡Que solo es una ballena! Ni que fuera ternera –dijo Carafoca. Se dirigió a uno de los hombres atados.

–¿Qué velocidad llevan cargados?

–Cuatro cuerpos de elefante tumbado por minuto –respondió orgulloso el prisionero

Garrapata escogió algunos.

–¿Cuántos le pongo? –preguntó el hombre de la camisa blanca.

–Póngame cien –dijo Garrapata después de mirar detenidamente la ballena para calcular su peso.

El hombre de la camisa blanca desató cien prisioneros, le hizo firmar cien contratos de trabajo y le pidió un porrón de euros. Garrapata puso una X en cada contrato, dio a la manivela de la máquina y sacó un porrón de billetes falsos.

–¿No serán falsos? –dijo escamado el de la camisa blanca.

–No. Están acabaditos de hacer.

El hombre se marchó con los restantes prisioneros. Los cien contratados se cruzaron de brazos y dijeron:

–Bakelita, bakelita.

–¿Qué dicen? –preguntó Garrapata.

–Que tienen hambre atrasada. Y que si no comen no trabajan.

–Pues empezamos bien. Dadles de comer –ordenó Garrapata.

Los ex prisioneros comieron con un hambre feroz: carne salada, peras en dulce y tomates. Luego se volvieron a cruzar de brazos y dijeron:

–Kamaka, kamaka.

–¿Qué dicen ahora?

–Que tienen sueño. Que si no duermen no trabajan.

–Estoy de acuerdo. Plantad las tiendas.

Los piratas plantaron las tiendas.

–Plantad la cama –ordenó Garrapata.

Los piratas sacaron la cama de Garrapata y abrieron un agujero en la tierra.

–Ya está plantada –dijo Carafoca–. ¿La regamos también?

Garrapata le dio un puntapié y se fue a dormir. Los ex prisioneros roncaban a pierna suelta. Mil ruidos venían desde la selva cercana. De pronto, Garrapata dio un salto y gritó:

–¡Socorro!, ¡que me pican!

Chaparrete llegó con su escopeta.

–¿Dónde están?

–¡Ahí, en la cama! ¡Disparad, son chinches!

Tres chinches cayeron acribilladas a balazos. Garrapata salió cojeando y preguntó a Cuchareta:

–¿Es grave?

–Tres mordiscos, pero no han llegado al hueso.

Amanecía. Las tiendas fueron levantadas. Los carros se pusieron en fila. Los ex prisioneros tomaron la ballena sobre los hombros. La caravana iba deprisa, aunque estaba subiendo un monte. Hasta los patacos que tiraban del carro se movían bien. De pronto, Carafoca dio un brinco, sacó el rifle y gritó:

–¡Cuidado! ¡Un rinoceronte!

Los ex prisioneros soltaron la ballena y cayeron en tropel. Los cañones rodaron por la cuesta. Garrapata se subió a un árbol con miss Laurenciana. Carafoca, en lo alto de la cuesta, seguía apuntando sin pestañear.

–¡Qué valiente es! –dijo Laurenciana.

–¿Por qué huis, cobardes? –dijo Carafoca.

–Dispara pronto –dijo Chaparrete.

–No quiero, dejaré que se acerque.

Chaparrete cargó su fusil y se acercó prudentemente.

–¿Dónde está el rinoceronte? –dijo.

–Encima de esa piedra.

–Eso es un saltamontes.

–¡Bueno!, ¿qué más da? Voy a matarlo.

Carafoca disparó, y el saltamontes cayó al suelo.

–¡Lo he matado! ¡Lo he matado!

–¡Hurra! –gritaron todos.

El saltamontes movió una pata, y Carafoca gritó:

–¡Cuidado! No os acerquéis. Que se mueve.

Los porteadores huyeron despavoridos. Carafoca disparó otra vez, y el animal quedó tieso. Los piratas se abalanzaron para contemplar la pieza y se quedaron con tres palmos de narices.

–¡Atiza! ¡Si es un saltamontes!

–¡Sí! ¡Pero fijaos qué grande!

–¡Eres tonto! ¡Vaya susto que nos has dado! –dijo Garrapata.

Los ex prisioneros cargaron con la ballena.

–¿Se ha hecho pupa la ballena? –preguntó Chaparrete.

–Sí. Un chichón en la cabeza.

La caravana siguió. La hermosa Casilda se acercó a Carafoca y le dijo:

–¡Qué valiente ha sido usted! ¿Le ha hecho daño esa fiera?

–No. He disparado a tiempo. No ha podido atacarme.

Una selva espesa se alzaba delante de la expedición. Árboles grandísimos extendían sus enormes ramas. Garrapata oyó un ruido extraño y mandó a Carafoca acercarse a la espesura.

–¿Eres valiente, Carafoca?

–Sí.

–Pues vete a ver qué es eso.

La hermosa Casilda miraba a Carafoca con sus grandes ojos. Carafoca se estiró los bigotes y entró silbando en la selva. Se abrió camino con el sable a través de la maleza. Anduvo unos cien pasos y oyó ruido.

–¿Quién es?

Nadie contestó. Se acercó cautelosamente y vio un enorme rinoceronte que estaba comiendo hierba.

–Buenas tardes, amiguito.

El rinoceronte no contestó. Miró a Carafoca con sus ojos estúpidos y siguió comiendo tranquilamente. Carafoca se acercó y le tiró de una oreja.

–Hay apetito, ¿verdad?

El rinoceronte no contestó. Siguió come que te come. El pirata le tiró del rabo, luego sacó un cigarro y encendió una cerilla en el cuerno del animal.

–¿Fumas? –le preguntó Carafoca.

El rinoceronte dio media vuelta y se merendó un girasol. No debía de tener ganas de hablar.

–¿Te has comido la lengua?

Carafoca se sentó junto al rinoceronte y sacó un tebeo para leer mientras descansaba un rato. Con su enorme corpachón, el animal tapaba el sol al marinero.

–¡Quítate, que no eres hijo de cristalero! –dijo Carafoca, dando un estacazo a la fiera.

Esta dio un resoplido. Mientras tanto, Garrapata y sus compañeros, intranquilos, empezaron a gritar.

–Me llaman. Adiós, amigo. Y no hables tanto, que te vas a atragantar.

Carafoca salió corriendo y se acercó a Garrapata.

–¿Has visto algo raro? –le preguntó este.

–No. Nada de particular.

–¿Has mirado bien?

–¡Pues claro!

–¿Y ese ruido?

–Era un escarabajo que estaba comiendo.

–¡En marcha! –ordenó Garrapata.

Los ex prisioneros cogieron en hombros la ballena, y toda la expedición se puso en marcha. Carafoca iba el primero. Detrás, varios marineros, abriendo una senda con machetes para que pasaran los demás. Carafoca corrió y se acercó al rinoceronte.

—¡Quítate de ahí, que te van a pisar!

El rinoceronte no hizo caso. El pirata le dio un tortazo, y el animal se puso furioso. Bajó la cabeza, afiló el cuerno en una piedra y soltó un bufido. Después echó a correr detrás de Carafoca.

—¡Cuidado! ¡Que viene! —gritaba Carafoca a los primeros marineros.

—¿Quién viene? —preguntó Garrapata.

—El escarabajo.

—¡Qué cobarde eres! ¡Huir de un escarabajo!

—Es que es grandísimo. ¡Preparad los cañones!

—Pero ¿qué haces?

—Subirme a un árbol.

Los porteadores se partían de risa. Garrapata avanzó por la senda y dijo:

—Verás cómo lo aplasto de un pisotón.

—¡Yo no quiero mirar! —dijo Carafoca, tapándose la cara.

De pronto, el bosque tembló, y el enorme rinoceronte apareció por la espesura, trotando y echando humo por el cuerno.

—¡Que te pincha! —gritó Chaparrete.

Garrapata dio un salto, y el animalote pasó bufando a su lado. Los piratas, al verlo llegar, soltaron los fardos y echaron a correr dando gritos.

–¿Qué pasa? –preguntaron los ex prisioneros que venían detrás cantando.

–¡Un escarabajo! ¡Corred! ¡Un escarabajo furioso!

–Piratuchos ser cobardes. Nosotros no temer escarabajo.

De pronto, en un recodo, apareció un cuerpo, y los ex prisioneros soltaron la ballena y se subieron a los árboles. El rinoceronte encontró la ballena atravesada, y de un brinco la quiso saltar; pero se tropezó y cayó dando volteretas.

–¡Cochino! –dijo Carafoca bajando del árbol.

–¡No te acerques! –gritó Chaparrete.

–¡Bah! Está muerto.

3

*Un coletazo mortal. Rinoceronte en adobo.
¿Quién se ríe en la noche? La guerra
de los cocos. El país de las mariposas gigantes.
Pita, pita.*

CARAFOCA se sentó encima del cuerpo para atarse un zapato, y el animal, de una sacudida, lo mandó a la copa de un castaño. El rinoceronte, furioso, se volvió contra la ballena; pero esta le soltó un chorro de agua. El animalote estornudó y cayó patas arriba.

–¡Hurra, ha descarrilado! –gritó Carafoca descolgándose del árbol.

–¿Qué vas a hacer? –exclamó Chaparrete.

–Cortarle la cabeza.

–¿Con qué?

–Con las tijeras.

–¡Cuidado!

El animal se levantó y echó a correr detrás del infeliz Carafoca. Este se escondió detrás de un árbol.

El rinoceronte dio un topetazo en el árbol y quedó clavado con su cuerno. Varios hombres cayeron del árbol. Uno aplastó a Carafoca.

—Por poco me caigo —dijo aliviado.

—¡Pues anda, que si se llega a caer!

Mientras tanto, el rinoceronte, inmovilizado por el cuerno, escarbaba ferozmente la tierra. Carafoca se acercó despacito y le picó en el trasero con un alfiler. El rinoceronte soltó un par de coces, que dieron de lleno en la ballena.

—¡Pégale fuerte! —dijo Carafoca a la ballena.

La ballena dio un coletazo tan terrible al animal que lo dejó patituerto. Carafoca cogió un mazo de madera y lo levantó sobre la cabeza del bicho.

—¡No lo mates! —gritó Garrapata.

—¡Ya lo he matado! —dijo Carafoca, dándole un mazazo en la cabezota.

—Ahora verás lo que pasa —dijo Garrapata, enfadado.

—¿Y qué va a pasar?

De pronto sonó un aullido. Los hombres que se habían escondido empezaron a aparecer y a abalanzarse sobre el cuerpo del rinoceronte. Los porteadores también sacaron sus cuchillos, y el que parecía haberse convertido en el jefe, un tal Banana, se cruzó de brazos delante de Garrapata y preguntó:

–¿Bakelita, bakelita?

–Bakelita –respondió Garrapata encogiéndose de hombros.

El jefe se lanzó al rinoceronte y, de una cuchillada, le abrió la tripa. Los demás se lanzaron como hienas y empezaron a cortar tiras de carne.

–¡Pobre rinoceronte! –gimió Carafoca.

Los ex prisioneros tiraban los trozos de carne al aire, y sus compañeros la ponían en cestos o en grandes hojas de palmera. Un trozo de carne le dio en la cara a Garrapata, y este se lió a bofetadas. Cuando llegaron a la pechuga, todos empezaron a reñir y a sacudirse tortazos furiosamente.

–¡Traed la pechuga! –ordenó Garrapata.

Banana, de mal talante, apartó la pechuga para Garrapata. A la media hora, ya solo quedaban los huesos y el cráneo del animal. La carne pendía de los árboles, puesta a secar.

–¡Qué porquería! –dijo miss Laurenciana.

–Ya os acostumbraréis –dijo Chaparrete.

El banquete empezó enseguida. Algunos hicieron hogueras y asaron trozos inmensos. Banana, sentado en una piedra, se comía él solito un muslo del animalote. Después del desayuno, los porteadores recogieron cada uno su porción de carne y la guardaron en sacos. El Chino recogió los huesos y los ató con una cuerda.

–¿Para qué los quieres?

–Pala el cocido de mañana.

Aquella noche, Garrapata ordenó levantar el campamento en un claro de la inmensa selva. La ballena fue acostada en una cama de hierba, una vez que hubo cenado varios sacos de tomates y cien bocadillos de queso. Los porteadores pusieron a secar la carne al aire libre. Hacía un calor espantoso.

–¡Vaya *pestucia* de carne! –dijo Carafoca.

Cuatro centinelas quedaron cuidando el campamento. Garrapata se fue a la cama, y a los diez minutos todo el mundo roncaba. Hasta los centinelas. A medianoche, unas terribles carcajadas despertaron a Carafoca.

–¿Quién será el tonto que se ríe a estas horas? –dijo el marinero levantándose.

Las risas venían del bosque. Carafoca cogió un paraguas y se adentró en la selva.

–¡Uu, uu! –silbó un búho desde un árbol.

–Tú cállate y a dormir, majadero –amenazó Carafoca, tirándole una zapatilla.

Las risas sonaban cada vez más cerca. Carafoca asomó por la maleza y vio una terrible hiena, que aullaba con un ruido parecido a una carcajada.

–¿Por qué te ríes? ¿Te han contado un chiste?

La hiena aulló más fuerte, y Carafoca le dio un paraguazo. Carafoca la cogió de una oreja y la arrastró al campamento. El animal le mordió los pantalones, y el pirata le pegó cuatro paraguazos en la cabeza.

–¿Qué pasa? –preguntó Garrapata saltando de la cama.

–Nada. Un perro que se está riendo de mí.

–¡Es una hiena! ¡Suéltala, que te come!

Carafoca dio un brinco. Varias hienas rodearon el campamento, atraídas por la carne y por el ruido. Los marineros sacaron los fusiles y dispararon. Cada vez se oían más risotadas.

–Ríete, ríete –dijo Carafoca apuntando a una de las fieras.

De un disparo la dejó seca.

–¡Ja, ja, ja! –reía Carafoca revolcándose por el suelo.

Garrapata oyó sus carcajadas y entró corriendo en la tienda. Apuntó con su fusil a Carafoca, y este gritó:

–¡No dispares, que soy yo!

–Con esa risa creía que eras una hiena...

Durante toda la noche se oyeron las terribles carcajadas de las fieras. Los piratas disparaban sin cesar. Salió el sol. El campo estaba lleno de hienas muertas de risa. Carafoca fue a lavarse a un arroyo cercano. Oyó ruido como de algo que caía del cielo. Eran piedras.

–¡Atiza, está granizando!

Un granizo le dio en la cabeza y le hizo un chichón. Abrió el paraguas, pero las piedras eran tan grandes que se lo dejaron hecho un churro.

–¡Caramba! ¡Parecen adoquines!

Corre que te corre, llegó al campamento.

–¡Cuidado, el granizo! ¡Sacad los paraguas!

Garrapata miró al cielo, y estaba azul.

–¡Majadero, estoy viendo el sol!

–Pues vas a ver las estrellas –dijo Carafoca.

Un granizo dio a Garrapata en la cabeza y, efectivamente, vio las estrellas. Una turba de monos chillaba desde los árboles y arrojaba cocos a los marineros.

–¡Son cocos, son cocos! –gritó Garrapata.

–¡A la ballena! –gritó Chaparrete.

Los marineros se refugiaron detrás de la ballena y devolvieron los cocos a los monos. La pelea fue atroz. La ballena disparaba andanadas de cocos con la cola. Los cocos chocaban en el aire. Un cocazo tiró al suelo a la Armadura, que quedó sin sentido. Por fin la ballena se cansó y soltó un chorro de agua. Los monos huyeron dando chillidos.

–¿Hay muertos? –preguntó Garrapata.

–No. Hay chichones –contestó el doctor.

–Cúrelos.

El doctor Cuchareta curó los chichones a martillazos. La Armadura se reanimó con un poco de aceite de ricino.

–¡En marcha! –ordenó Garrapata.

La caravana siguió por la selva.

–Estamos en el país de las mariposas –dijo Banana.

–¿Son feroces? –preguntó Carafoca.

–No. Pero cuidado con los aletazos.

Enormes mariposas coloradas, amarillas, azules y verdes revoloteaban por el aire. Una se posó en la cabeza de Chaparrete, y Carafoca la mató con el rodillo de la cocina.

–Caramba. ¡Ten cuidado! Por poco me matas a mí –chilló Chaparrete.

–Toma. Para ti –dijo Carafoca, ofreciendo la mariposa a la hermosa Casilda.

–¡Qué valiente eres! –exclamó Casilda.

El pirata se apartó de la caravana detrás de una bella mariposa de oro y plata.

–¿Llevas armas? –preguntó Garrapata.

–Sí. El cazamariposas.

–Cárgalo bien.

Carafoca se adentró en la espesura. Las mariposas eran cada vez más grandes. Algunas, al pasar junto al pirata, lo derribaron al suelo con el aire de las alas. Un viento huracanado movía las ramas de los árboles cuando pasaba alguna bandada.

–¡Caramba, voy a coger una pulmonía!

Carafoca atrapó docenas de animalitos de vivos colores y los guardó en una cesta. La selva, de pronto, se acabó. Una inmensa llanura de hierba se extendía hasta el horizonte.

–¡Caramba! ¡Vaya mariposa!

Una mariposa gigante planeaba en la llanura y se posó en una piedra. Tenía unas alas de dos metros llenas de plumas. Su cabeza terminaba en un pico encorvado. Sus garras eran enormes.

–Pita, pita –dijo Carafoca cogiéndola del pescuezo.

La mariposa dio un graznido y agarró por los pantalones a Carafoca. Luego sacudió las alas y remontó el vuelo, majestuosamente, llevándose al pirata.

4 *El vuelo de Carafoca. Carafoca en la sartén. Gallinas gigantes. Carrera de avestrucleta.*
Huevos de avestruz. Búfalos en África.
Los peluqueros.

–¿DÓNDE estará Carafoca? –se preguntaban los marineros.

–Hace cuatro horas que ha salido –dijo Cuchareta.

La caravana llegó a la llanura. Los ex prisioneros colocaron en el suelo la ballena y se pusieron a descansar. Los patacos fueron desenganchados de los carros. El Chino hizo la comida.

–¡Socorrooo!

–¿Quién grita? –preguntó Chaparrete.

–Es Carafoca. ¿Dónde estará? –exclamó Garrapata.

–La voz viene de arriba –dijo Cuchareta.

Calabacín oteó el cielo con el anteojo y vio un punto negro.

–¿Qué es?

–Nada. Un gorrión que lleva un granito de trigo.

–¡Socorrooo!

–¡Se oye más cerca!

Calabacín miró el puntito atentamente y chilló:

–¡Es Carafoca!

–Pero ¿qué está haciendo?

–Volando.

Carafoca pataleaba en el aire a cien kilómetros de altura. Los elefantes se veían como chinches.

–No me sueltes –gemía Carafoca.

El águila lo soltó, pero Carafoca enganchó el paraguas al cuello del animal y quedó colgado. El águila empezó a dar vueltas sobre la llanura. Los piratas corrían con una sábana extendida debajo de Carafoca.

–¡Tírate! –gritaba Garrapata.

–¡No!, ¡que me espachurro!

El águila volvió a agarrar al pirata y lo llevó a su nido. Estaba en un árbol altísimo. Unos polluelos abrían su bocaza, pidiendo comida.

–¡Hola, guapos! ¡Soy el desayuno!

–Pío, pío –dijo un pajarito, dándole un mordisco en la pata.

–¡Ponte el chupete, mocoso! –chilló Carafoca, pegándole un puñetazo.

El águila se enfadó y se volvió a llevar al pirata por el aire mientras le daba picotazos en la cabeza.

–¡Toma, por canalla! –chilló Carafoca, dando un mordisco en la pata del animal.

El ave lo soltó con un furioso graznido.

–¡Hasta luego! –se despidió Carafoca, abriendo el paraguas.

El pirata descendía lentamente. El águila se lanzó furiosa sobre el paraguas.

¡Pum! Garrapata disparó, y el animal cayó herido. Carafoca planeaba saludando con el pañuelo.

–¡Aterriza pronto! –ordenó Garrapata.

Carafoca cerró el paraguas.

–¡Cuidado!, ¡que caes sobre la sartén!

¡Cataplum!, el pirata fue a caer encima de la sartén en que freía los filetes el Chino.

–¡Estúpido! Nos has dejado sin comida.

–Lo siento. ¿Y la mariposa? ¿Dónde está?

–Menuda mariposa. Se acaba de comer una cabra.

–Tendrá hambre. ¡Pobrecita!

El doctor Cuchareta curó al águila y la ató con una maroma. La caravana, después del susto, siguió su camino a través de la llanura.

–Mira, gallinas –dijo Carafoca.

–Son avestruces –replicó Garrapata, mirando en su libro.

–Son gallinas, ¿qué te apuestas?

–Un euro.

–Voy a coger una.

–No te acerques, que te matan.

–¡Cobarde!, ¡gallina! –gritó Carafoca.

Varios avestruces enormes dormían de pie con la cabeza debajo del ala.

–Están muertos.

–¿Por qué?

–Porque no tienen cabeza.

–No te fíes.

Carafoca se acercó, y un avestruz le dio una coz que le hizo dar diez volteretas.

–¡Están vivos! –gritó Carafoca.

El pirata dio un salto sobre el más grande y gritó:

–¡Te cogí! Al puchero con arroz.

El avestruz echó a correr con el marinero encima.

–¡Socorro! ¿Cómo se para esto? –gritaba Carafoca.

Varios ex prisioneros, con Garrapata al frente, saltaron sobre los otros avestruces y salieron en persecución del desdichado Carafoca.

–¿Qué velocidad llevamos? –preguntó Garrapata.

–Cien kilómetros por hora –replicó Banana.

–¡Pues como se le suelte una pata, nos matamos!
–exclamó Garrapata.

Los avestruces levantaban columnas de polvo
y cada vez iban más deprisa. Pero Carafoca, al ver
que lo alcanzaban, dio espuelas a su avestruz.

–¡Echa el freno! –gritó Garrapata.

–No quiero que me adelantes.

La inmensa llanura retumbaba. La ballena ya
no se veía. Habían recorrido más de cincuenta kilómetros en pocos minutos. Una procesión de tortugas iba en fila en dirección al río.

–¡Cuidado! ¡Toca la bocina!

Carafoca tocó la bocina, y las tortugas echaron a correr al ver lo que se les venía encima. En
unos segundos desaparecieron dando saltos como
liebres.

–¡Ojo, un árbol!

Un enorme árbol se alzaba en medio del llano.

–Dobla todo el volante.

Carafoca torció el cuello de su avestruz y pasó
rozando el árbol. El avestruz dibujó un semicírculo
para volver otra vez por donde había venido.

–¡Cuidado con la curva!

Los avestruces siguieron el camino de Carafoca con una curva cerradísima. Dos porteadores chocaron aparatosamente y fueron a parar a la copa del árbol. Los dos avestruces quedaron abollados. El avestruz de Garrapata perdía velocidad.

–Se me está acabando la gasolina –gimió Garrapata.

–¡Corre, corre, que vamos cuesta abajo! –le animó Carafoca.

Los animales tomaron mayor impulso. La ballena ya se iba distinguiendo a lo lejos.

–¡Tonto el último! –gritó Carafoca, apretando el acelerador.

Los hombres, picados en su amor propio, pusieron el motor a todo gas. El tubo de escape hacía un ruido terrible.

–¡Tapaos la nariz! –gritó Carafoca.

Mientras tanto, el doctor Cuchareta, al ver el peligro de los hombres, ordenó:

–¡Poned una cuerda atravesada, pronto!

Los marineros tensaron una larga soga entre dos estacas. Luego, todos se subieron a la ballena y empezaron a dar gritos y aplausos.

–¡Corre, Carafoca!

–¡Ánimo, Garrapata!

Los avestruces estaban ya a diez metros. Todos iban alineados. Carafoca sacó un alfiler, pinchó a su avestruz, y el animal se adelantó en un esprint espeluznante. Tropezó con la cuerda y cayó dando volteretas.

–¡Hurra! –gritaron todos abrazando a Carafoca.

–¡Trampa! –rugió Garrapata saltando por el aire.

La hermosa Casilda dio un ramo de flores y un beso en la frente al vencedor. Carafoca se quedó turulato. Garrapata, furioso, le pegó una bofetada.

–¿No ves cómo no eran gallinas? –gritó Garrapata.

Carafoca encontró un huevo de avestruz que pesaba media tonelada. El pirata dio un salto y exclamó:

–¡Sí, son gallinas! Mira un huevo.

–Eso es una piedra.

Carafoca estrelló el huevo en la cabeza de Garrapata y lo puso hecho una pena. Garrapata cogió otro huevo y se lo tiró a Carafoca. Este se agachó, y el huevo le dio a Cuchareta.

–¡Me las pagarás! –gritó el doctor.

Cuchareta cogió otro y lo lanzó contra Garrapata. El disparo dio en la cara de miss Laurenciana.

–¡Ay! ¡Mi traje nuevo!

La lucha se extendió a todos los miembros de la expedición. En un momento, blancos y negros quedaron todos amarillos. Los huevos volaban por el aire como mariposas. La lucha era terrible.

–¡Esta noche cenalemos toltilla! –chilló el Chino, preparando la sartén.

De pronto, empezó a oírse un ruido tremendo en la llanura.

–¡Un terremoto! –gritó Cuchareta.

Los combatientes amarillos ahora se pusieron blancos de miedo. Calabacín miró por el anteojo desde un árbol.

–Son búfalos. Vienen desbocados.

–¡Bueno! ¿Y cuántos vienen?

–Por lo menos medio millón.

–¡Qué bien! –dijo Carafoca–. Tendremos carne en abundancia.

–¡Preparad los cañones! –ordenó Garrapata.

Los hombres se subieron a la ballena y dispusieron los dos cañones. Luego clavaron unas fuertes estacas y construyeron una empalizada delante de la ballena.

–¡Ya vienen! –chilló Calabacín.

Una masa negra llena de cuernos cubría la llanura. Un tremendo animalote venía el primero, abriendo marcha. Venía bufando y traía en un cuerno una bandera colorada de guerra.

–¿Serán bravos? –preguntó Carafoca.

–Pregúntaselo –dijo Garrapata, dándole un bofetón.

El jefe de los búfalos llegaba. Carafoca dio un salto, se quitó la chaqueta y se plantó en medio.

–¡Bravo! –gritaron los piratas, entusiasmados.

–¡Eh! ¡Toro! –chilló Carafoca.

El toro embistió como una locomotora y lanzó a Carafoca a mil metros de altura.

–¡Olé! –chillaron los piratas.

El búfalo se estrelló contra un árbol. La masa llegaba detrás, echando humo.

–Disparad los polvorones.

Los cañones retumbaron, y los bisontes dieron un salto del susto. Unos tiraron por la izquierda, y otros, por la derecha de la ballena.

–¡Vaya morrón que se van a dar! –exclamó Chaparrete.

¡Cataplum! Los búfalos chocaron de frente y se rompieron las narices.

–¡Salvajes! ¡Vienen salvajes! –gritó Calabacín.

Miles de salvajes venían detrás de los búfalos, gritando y lanzando flechas.

–¡Son los peluqueros! –chilló Banana.

–¿Por qué se llaman así? –preguntó Garrapata.

–Porque arrancan las pelucas.

–Menos mal que soy calvo –dijo mister Philis Morris.

Una lluvia de flechas cayó sobre los marineros.

–¡Sacad los paraguas! –ordenó Garrapata.

Los paraguas paraban las flechas. Los salvajes llegaban aullando. Al ver a los piratas, tomaron sus hachas de guerra.

–¡Cuidado! Ya vienen a cortarnos el pelo.

–¡Bakelita, bakelita! –gritaban como posesos.

En esto, los búfalos, después del encontronazo, dieron marcha atrás y salieron de estampida persiguiendo a los peluqueros, que gritaban:

–¡Bufalekes, bufalekes!

Los peluqueros tiraron las hachas y pusieron pies en polvorosa.

–¿Qué velocidad llevan? –preguntó Garrapata.

–Cuatro cuernos por minuto –dijo Banana.

5 *Moscas en pijama. Cocodrilos llorones.
Cuidado con las setas. Orangutanes
con chaqueta.*

DESPUÉS de esta tremenda aventura, los hombres bajaron de la ballena y se abrazaron con alegría. El Chino cortó un búfalo en filetes, y los puso a freír.

–¿Dónde estará Carafoca? –preguntó Garrapata.

–Ahí viene –dijo Chaparrete, señalando el cielo.

Carafoca bajaba del cielo después de la terrible cornada.

–¡Cuidado, que caes en la sartén! –chilló Garrapata.

¡Cataplum! El pirata cayó sobre la sartén. Esta salió despedida y quedó colgada de un árbol.

–Majadero, nos quedamos sin chuletas –gimió Garrapata.

–¡A la cama! –ordenó Garrapata a todo el mundo.

Salió la luna y todos se pusieron a roncar después de aquel día tan ajetreado.

Carafoca se quedó de centinela. Unas moscas, grandes como gorriones, asaltaron el campamento. Carafoca se lió a escobazos. Un escobazo golpeó a Garrapata.

–¿Qué pasa?

–¡Moscas! ¡Son moscas! –chilló Carafoca.

–¡Caramba, qué raras son!

Las moscas llevaban pijama y un gorro de dormir.

–¡Cuidado, son moscas tsé-tsé! –gritó Cuchareta.

–¿Y eso qué es?

–Insectos que transmiten la enfermedad del sueño.

–¡Matadlas!, ¡pronto!

Salía el sol. Los piratas mataron a manotazos muchas moscas. Algunas, posadas en las ramas, roncaban a pierna suelta. Garrapata zarandeó a los porteadores, y no se despertaban.

–¡Les ha picado la mosca! –gritó Cuchareta.

A bofetada limpia, los porteadores ex prisioneros se levantaron como sonámbulos con los ojos cerrados.

–Tienen la enfermedad del sueño –dijo Cuchareta.

–¿Y qué hacemos ahora?

–No dejar que se duerman. Será peor.

–¡En marcha! –ordenó Garrapata.

Los porteadores, bostezando, cogieron la ballena. Muchos caían al suelo, rendidos de sueño.

¡Riiiin! Garrapata hacía sonar un despertador, y los porteadores se despertaban. Mister Philis Morris dormía como un ceporro. Un pataco tiraba de su cama, que tenía ruedas. La Armadura roncaba encima de la ballena. A mediodía, la somnolienta caravana llegó a las orillas de un río. Los porteadores tiraron la ballena al agua y se tumbaron a dormir. Garrapata se rascó la cabeza.

–¿Cómo se curará esta enfermedad?

–Con sopa de colchón y bocadillos de almohada –dijo Cuchareta.

El Chino coció un colchón en la cazuela y cortó en lonchas una almohada. Luego las metió en pan. Garrapata hizo comer a la fuerza a los enfermos.

–Este colchón está exquisito –decían todos.

–¿Y la almohada? –preguntó el Chino.

–Tiene pelos, pero está tierna –dijo Banana, relamiéndose.

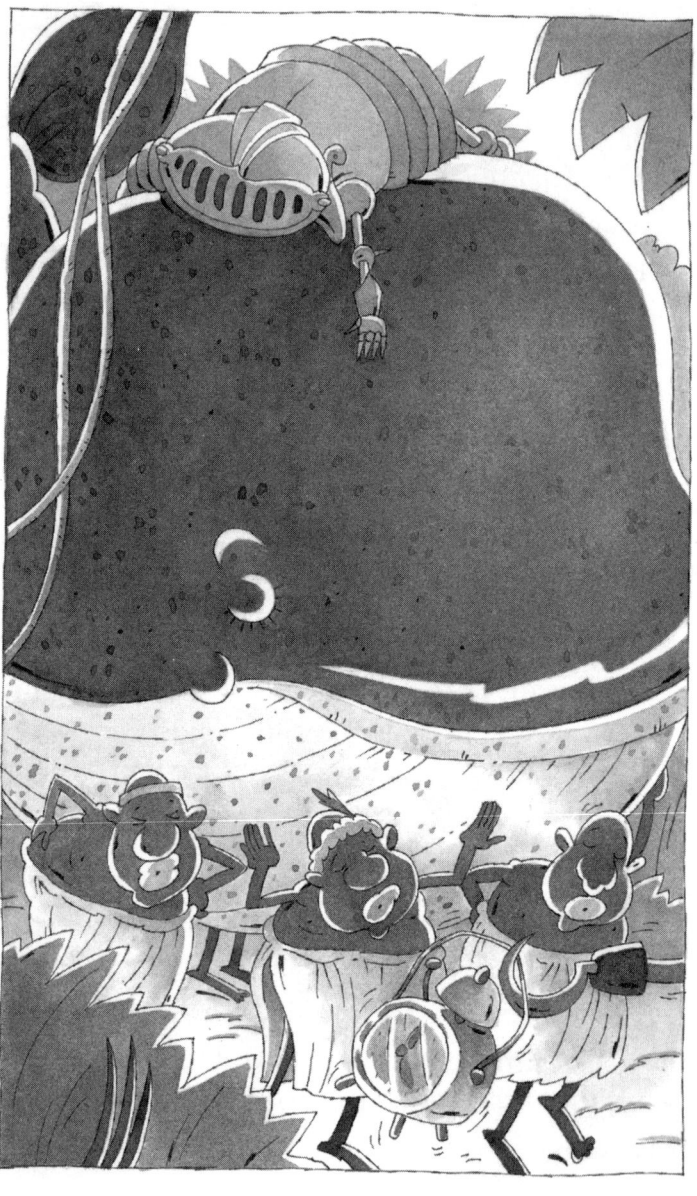

Después de comer, un nuevo sopor invadió a los porteadores. Hacía un calor enorme. Los piratas se echaron la siesta. Carafoca colgó una hamaca entre dos árboles y se tumbó. Cuando todo era silencio, un llanto lastimero despertó a Carafoca.

–¿Quién llorará?

Se levantó y se acercó al río. Detrás de un matorral se movía algo. Los gemidos partían el corazón del pirata. Era un terrible cocodrilo que hacía ver que lloraba para comerse a Carafoca.

–Es un niño.

Carafoca lo cogió en brazos, cariñosamente.

–Caramba, ¡cuánto pesa!

El pequeño abrió la boca, y Carafoca se asustó:

–¡Caracoles! ¡Vaya dientes!

Como el niño no cesaba de berrear, Carafoca le puso un chupete y le cantó una hermosa canción:

Cállate, dueño mío,
que viene el coco
y se come a los niños
que duermen poco.

De pronto, Carafoca pensó que estaba lloviendo. Grandes gotas le mancharon los pantalones.

–¡Cochino! ¡Se ha hecho pipí!

Carafoca puso unos pañales al pequeñajo y lo acostó en la cama junto a Garrapata. Luego hizo una papilla de harina y se la dio a cucharaditas.

–Papilla al nene.

El pequeño, después de tragar la papilla, empezó a lamer la cara de Garrapata, y este se despertó:

–¿Qué pasa?

–Nada. Un niño. Mira qué niño he encontrado.

–¡Qué feo es! –dijo Garrapata.

De pronto, el niño dio un coletazo y tiró patas arriba a Garrapata.

–¡Caramba con el niño! –exclamó Carafoca.

–¡Horror! ¡Es un cocodrilo! ¡Huyamos!

El cocodrilo empezó a perseguir a los porteadores.

–¡El coco, el coco! –chilló Carafoca.

Los porteadores se olvidaron del sueño y se tiraron de cabeza al agua. Cientos de cocodrilos esperaban con la boca abierta y se merendaron una buena cantidad de ellos.

–¿Disparo? –preguntó Carafoca.

–No. Está todo rojo de sangre, y no puedes hacer blanco.

–¿Qué hacemos entonces?

–Echaré cloroformo en el río.

El doctor Cuchareta echó una cuba de cloroformo, y los cocodrilos se pusieron a roncar. Los porteadores fueron sacados también dormidos por efecto del cloroformo. Cien cocodrilos fueron apilados en un montón, después de que les hubieran atado los hocicos con una cuerda.

Al día siguiente, Chaparrete, muy tempranito, dijo:

–Voy a coger setas.

–Voy contigo –dijo Carafoca.

Recorrieron la selva. Grandes setas crecían junto a los árboles. Chaparrete preguntó:

–¿Cómo sabremos cuáles son venenosas?

–Muy fácil. Pruebas una y ya está.

–¿Y si te mueres?

–Pues es que era venenosa.

–Es verdad. Es muy fácil.

–Mira. Cómete esta a ver qué pasa.

–No. Cómetela tú.

Carafoca se quedó atrás para atarse un zapato. Luego se levantó y se encontró a Chaparrete tumbado junto a un árbol.

–¿Pero qué te pasa? Estás feísimo.

–Nada. Me ha sentado mal una seta.

–¡Atiza! ¡Te ha salido pelo como a los conejos!

–¡Qué tontería!

–¡Y tienes rabo como los gatos!

–Dame una aspirina y calla.

Carafoca le dio una aspirina.

–¿Estás mejor?

–Sí. Me voy.

–¿Dónde vas?

–A subirme a ese árbol –dijo Chaparrete.

Chaparrete dio un salto y trepó por un árbol. Carafoca lo cogió de la cola y lo hizo bajar.

–Vamos al campamento.

–No quiero.

Carafoca le ató una cuerda y lo llevó arrastrando. Garrapata salió a su encuentro.

–¿Qué bicho es ese? –preguntó Garrapata.

–Es Chaparrete.

–¿Chaparrete?

–Sí. Se ha convertido en mono.

–¿Cómo ha sido?

–Al comerse una seta.

Los porteadores y los piratas rodearon a Chaparrete. Este se quitó el sombrero y el fusil.

–¿Tenéis un cigarro?

–Sí. Toma.

Los hombres lo miraban con la boca abierta. Chaparrete fumaba con los dedos de los pies como los monos.

–¿Quieres comer?

–Sí. ¿Tenéis cacahuetes?

El Chino trajo un puñado, y Chaparrete se los comió con cáscara y todo. Luego dio un salto y empezó a hacer monerías en la rama de un árbol.

En esto se oyó ruido y, entre la maleza, apareció Chaparrete, todo sudoroso.

–¿Qué pasa aquí? –preguntó.

–Nada, que Chaparrete se ha convertido en mono –respondió Carafoca.

–Chaparrete soy yo, ¿no me ves?

–¡Atiza, pues es verdad! Y este, ¿quién es?

–Es un orangután, majadero.

–Pues se parece mucho a ti. Creía que eras tú.

–Gracias. Yo no soy tan feo.

–Ni yo tampoco –dijo el orangután.

–¿Pero sabes hablar?

–Sí.

–¿Cómo te llamas? –preguntó Chaparrete.

–Pascasio.

Los piratas no salían de su asombro. Garrapata mandó dar al orangután una chaqueta y un pantalón de Carafoca. El orangután apareció a la hora de comer hecho un brazo de mar con corbata y zapatos. Al postre, se quitó los zapatos para partir las nueces con los pies.

–¡Qué falta de educación! –dijo miss Laurenciana.

Después de la comida, se retiró a la biblioteca a leer.

–¿Quieres leer un tebeo? –preguntó Carafoca.

–No, prefiero a Schopenhauer.

6 *Armadura en pepitoria. Carafoca con garbanzos. El hechicero Zambomba. Curación. Una islita. ¡El hipo! Otra vez los peluqueros del rey.*

A LA MAÑANA siguiente, Garrapata ordenó preparar la ballena para cruzar el río. Los cocodrilos, bien ataditos, fueron cargados sobre su lomo. Los cañones, los porteadores y todo el equipaje subieron en confuso desorden.

—¡Soltad el freno! —mandó Garrapata.

La ballena surcó las aguas de aquel inmenso río, que medía tres kilómetros de ancho. Carafoca iba el primero, a hombros de la armadura, que nadaba admirablemente.

—¡Una islita! —dijo Carafoca.

En medio del río había una pequeña isla, y Carafoca saltó sobre ella para comer un bocadillo. A lo lejos venía la ballena.

—¡Esta isla tiene dientes! —gritó de pronto Carafoca.

Carafoca dio un salto como una rana y nadó hacia la ballena. Detrás de él venía un enorme hipopótamo.

–¡El hipo, el hipo! –gritaba Carafoca.

–Tiene hipo, sacadle del agua –ordenó Garrapata.

Chaparrete le dio un vaso de agua y unos golpes en la espalda.

–¿Se te ha pasado?

–No, el hipo, el hipo. ¡Qué miedo!

–El hipo no es malo, tonto.

–Sí es malo. Si te coge, te mata.

–Qué tontería. Respira fuerte y se te quita.

–No se quita. Ya viene el hipo.

–¿Pero qué hipo?

–El hipopótamo.

–¡Atiza! ¡Un hipopótamo! –gritó Chaparrete.

El enorme animal dio un mordisco en la cola de la ballena. La ballena dio una sacudida y lanzó a toda la tripulación por el aire. Una lucha feroz entre los dos animales hacía temblar el río. El hipopótamo dio una coz a la ballena, y esta le respondió con tres coletazos que le volvieron tarumba.

–¡Huyamos en la ballena!

Los hombres subieron a la ballena y se retira-
ron otra vez en la misma orilla.

–¿Y Carafoca y Pascasio?

–Allá van subidos en la Armadura –dijo Calabacín.

–Son tontos. Los cogerán los peluqueros.

En efecto, los peluqueros, agazapados en la orilla, afilaban sus tijeras; Carafoca levantó las manos y dijo:

–¡Menos mal que hemos llegado!

Cien manos cogieron a nuestros amigos al salir
del agua.

–Buenas tardes –dijo Carafoca.

–¡Bumba, bumba! –respondieron los indígenas.

Los peluqueros los ataron y los llevaron arrastrando hasta su poblado. Daban unos gritos feroces y, a veces, pellizcos y patadas.

–¡Qué cariñosos son! –dijo Carafoca.

En esto empezó a tocar el tamtan. Un indígena
bajo y gordinflón salió de una cabaña. Llevaba una
corona de oro en la cabeza y un manto colorado.
Carafoca le dio la mano diciendo:

–Bumba, bumba.

–Bumba, bumba –respondió el rey, dándole un
mordisco en la nariz.

Carafoca sacó un pirulí del bolsillo y se lo ofreció al rey con una gran reverencia. El rey lo probó:

–¿Qué tal el pirulí, majestad?

–Muy rico, yo querer más.

–Pues yo no tener.

–Entonces cortar cabeza.

Un gigantesco forzudo levantó un enorme garrote sobre Carafoca. Este bajó la cabeza, y el garrotazo cayó en el coco del rey.

–¡Bumba! –gritó el rey.

Nuestro amigos fueron atados y encerrados en una choza. Por la noche, una anciana les trajo mucha comida.

–Comed, comed. Poneos gordos y rollizos.

–¿Para qué?

–Mañana lo veréis.

Al día siguiente, los peluqueros encendieron una hoguera y pusieron una caldera enorme con agua. Dos de ellos sacaron de la choza a la Armadura y la metieron en la caldera. La anciana echó cebolla y pimentón.

–¡La comida! –gritó el rey.

Cuatro hombres sacaron a la Armadura y la pusieron en un plato. El rey primero comió tortilla de saltamontes, luego sopa de hormigas y riñones de escarabajo.

–Traed al hombre cocido –dijo por fin.

–Está un poco duro –dijo la anciana.

El rey dio un mordisco en un brazo de la Armadura y se rompió un diente.

–¡Uf! Debe de ser más viejo que Matusalén.

Al dar otro bocado, se tragó un tornillo y empezó a dolerle la tripa.

–Me voy a la cama –dijo el rey.

Los peluqueros, furiosos, agarraron a Carafoca y lo metieron bien atado en la caldera. Carafoca se iba poniendo colorado. El agua iba a hervir. Los garbanzos flotaban en la superficie. Carafoca se los comía.

–¡No se coma los garbanzos! –gritó la anciana cocinera, sacudiéndole con el cazo en la cabeza.

Carafoca se tocó un pie. Estaba muy blando.

–¡Tengo el pie cocido! –gritó Carafoca.

–¡Qué bien huele! –chillaban los indígenas.

De pronto, uno de ellos salió corriendo de la choza real.

–Katapumba se muere.

–¡Pobrecillo! Se queda sin cocido –dijo Carafoca.

La confusión era enorme. Los indígenas chillaban y lloraban. La Armadura dio un empujón a la caldera y la volcó. El agua apagó el fuego.

–Vamos a escondernos –gritó el orangután.

–¿Dónde?

–En aquella cabaña.

Echaron a correr y se ocultaron bajo una cama.

–Está ocupada, ¿quién será?

–Pincha a ver –dijo Carafoca.

Pascasio pinchó con un alfiler.

–¡Bumba!

–Es el rey.

Un indígena con una careta horrible bailaba una danza sagrada junto al lecho real.

–¿Estamos en carnaval? –preguntó la Armadura.

–No, hombre, es un hechicero.

–Yo me muero –dijo el rey.

–¡Espera un poco! –exclamó Carafoca. ¿Qué prisa tienes?

Zambomba el hechicero cogió un vaso y echó unas gotas amarillentas. Pascasio sacó la mano y agarró el vaso.

–No lo bebas –dijo Carafoca.

–¿Por qué?

–Ya lo verás.

–Una mosca se posó en el vaso y cayó patas arriba.

–¡Es veneno! –exclamó Pascasio.

Zambomba el hechicero fue a buscar el vaso y se quedó patidifuso. Había desaparecido.

–Los espíritus, los espíritus han entrado en la cabaña.

El rey estaba temblando.

–Tengo sed –dijo el rey.

Carafoca sacó la mano y le dio una gaseosa.

–¡Espíritus, espíritus retorcidos! –dijo el hechicero.

–¡Espíritus sin retorcer! –dijo el rey, bebiendo la gaseosa.

Zambomba el hechicero cogió un pedrusco y lo levantó sobre la cabeza de Katapumba. Carafoca le dio un mordisco.

–¡Ay, los espíritus retorcidos! –gritó Zambomba.

La piedra le cayó en un pie y se lo hizo fosfatina.

–Vámonos –dijo Carafoca–. Esto se pone feo.

Nuestros héroes arrastraron la cama en dirección a la puerta. Varios indígenas que entraban echaron a correr.

–¡Que viene la cama!

–¡Los espíritus retorcidos! –chilló el hechicero.

La cama corría a toda velocidad sembrando el terror en los indígenas, que se tiraron de cabeza al río.

–¡Cuidado, un árbol! –gritó Carafoca.

¡Cataplum! La cama se estrelló contra un cedro, y el rey se dio un coscorrón.

–Voy a estirar la pata –dijo el rey.

–No la estire, que yo le curaré –dijo Carafoca.

Y colgó al rey de una rama, atándolo por los pies. Luego le hizo cosquillas en los sobacos.

–Me muero de risa –chilló el rey, llorando.

El rey echaba el hígado. Por fin, en un ataque de risa, soltó el tornillo por la boca.

–Estoy curado –dijo el rey.

Carafoca lo descolgó, y Katapumba abrazó al pirata delante de todos sus súbditos, que llegaron corriendo.

–Desde hoy serás mi hechicero –dijo el rey.

–Gracias, ¿qué tengo que hacer?

–Echar a los espíritus retorcidos de mi reino.

–Está bien. Voy a vestirme.

Carafoca salió al rato, vestido de hechicero, con una careta y unas plumas.

—Pareces una gallina –dijo Pascasio.

Carafoca empezó a dar brincos y aullidos. Luego se lió a puntapiés con Zambomba. El rey abrazó a la Armadura y dijo:

—Tú serás coronel de los peluqueros.

—A sus órdenes, mi capitán. ¿Qué tengo que hacer?

—Cortar el pelo al que se desmande.

La Armadura cogió la maquinilla y cortó el pelo al cero al malvado Zambomba.

—¡Qué feo ha quedado! –dijo el rey.

—¿Y yo qué voy a ser? –preguntó Pascasio.

—Tú, cabo sartén.

—¿Qué pongo de comida?

—Hechicero frito con espárragos.

Pascasio cogió del pescuezo a Zambomba, lo metió en la sartén y lo puso a freír.

—¡Qué mal huele! Apesta a sardinas. Mejor haz solo espárragos –dijo el rey.

Carafoca sacó a Zambomba de la sartén y le dio un zambombazo que lo hizo rodar fuera del poblado.

Luego pidió permiso al rey para ir a saludar a Garrapata.

—¡A formar! –gritó la Armadura.

Quinientos indígenas formaron en escuadrón con arcos y flechas.

–¡De frente! ¡Ar!

Los indígenas fueron hacia el río desfilando. Había un árbol delante de la formación.

–¿Cómo se les ordena torcer? –preguntó la Armadura.

–No sé. Ya torcerán –respondió Carafoca.

¡Zas! Los indígenas se dieron un morrón contra el árbol.

–¡Qué brutos! No han torcido –dijo la Armadura.

–Pero han torcido el árbol –dijo Pascasio.

Llegaban al río.

–¿Cómo se les ordena parar? –preguntó la Armadura.

–No sé. Ya se pararán –respondió Carafoca.

Un, dos, un, dos; el escuadrón entero se cayó al río.

–¡Será posible! –rugió la Armadura–. ¡A pelarse al cero!

La Armadura cogió la maquinilla y cortó a todos el pelo al rape. Los fieros guerreros lloraban al quedarse pelones.

–¡A las piraguas! –ordenó Carafoca.

7 *En el campamento de Garrapata.*
  ¡Mi coleta! Elefantes o conejos. Avispas
contra elefantes. Desollando al paquidermo.

Doscientas piraguas cruzaron el río. El sol
brillaba esplendorosamente en las cabezas calvas
de los indígenas. Al llegar a la orilla, los peluqueros saltaron detrás de su hechicero Carafoca.

–Vamos de puntillas –ordenó el hechicero.

Mientras tanto, Garrapata y los piratas comían
muy tristes pensando en la suerte de Carafoca.

–¿A que no me conoces? –preguntó Carafoca
tapando con las manos los ojos de Garrapata.

–¡Los peluqueros! –gritaron los piratas echando
a correr por la selva.

Garrapata se puso de rodillas e imploró a aquel
salvaje lleno de plumas.

–Perdón, soy un pobre huérfano.

–¿Pero, no me conoces?

–Sí. Eres un hechicero.

–¡Ja, ja! Soy Carafoca.

Garrapata lo miró un rato y empezó a gemir.

–Carafoca tenía otra cara.

–Es que yo llevo careta.

Carafoca se quitó la careta.

–Vaya susto que me has dado.

Garrapata le dio una torta y lo tiró al suelo. De pronto, se oyó un grito desgarrador.

–¡Mi coleta, mi coleta!

El Chino llegó corriendo, perseguido por unos peluqueros que blandían sus maquinillas.

–¡Atrás! –gritó la Armadura, repartiendo bofetadas.

–¡Socorro! –chillaba miss Laurenciana, defendiéndose de una manada de peluqueros con su paraguas.

Varios peluqueros cayeron mortalmente heridos por los terribles paraguazos de la valerosa mujer.

–¿Qué pasa?

–Nada. Que me querían cortar el pelo –dijo miss Laurenciana.

–Se acabó. ¡Cerrad la peluquería! –ordenó Carafoca.

Los guerreros guardaron las armas. Garrapata mandó recoger el campamento y gritó:

–¡En marcha!

La expedición montó en la ballena con todos los bártulos. Carafoca y los peluqueros subieron a las piraguas y cruzaron el río. En la otra orilla, esperaban el rey y sus ministros con trajes de gala. Cinco mil peluqueros formaban muy ordenaditos.

–¡Presenten armas! –ordenó el rey.

Los peluqueros presentaron sus tijeras y maquinillas.

Garrapata entró triunfante en el pueblo de Katapumba entre aplausos y bandas de música. El rey invitó a Garrapata y ordenó:

–Asad cinco voluntarios.

–Ni hablar –dijo Carafoca–. Aquí no se vuelve a comer ni un solo hombre.

–¿Entonces qué vamos a comer?

–Elefantes.

–¿Y cómo los cogemos?

–Con la mano.

–Peluqueros tener miedo –dijo el rey.

–Piratas no tener miedo –dijo Carafoca.

Garrapata ordenó preparar una cacería. Algunos piratas, con Carafoca al frente, se internaron en la selva cercana.

–¡Ahí va, qué conejos más grandes! –gritó Carafoca.

–¡No son conejos, tonto!

–¿Pues qué son?

–Elefantes.

–Yo me marcho –dijo Carafoca.

–Cobarde.

–¿Cobarde yo?

Carafoca apuntó con la carabina a un elefante grandísimo. El tiro le dio en el trasero. El animal dio un brinco.

–¡Socorro!, ¡que viene! –gritó Carafoca.

La enorme masa avanzó sobre el infeliz pirata, que se puso de rodillas.

–Yo no he sido. No me mate.

El elefante lo cogió con la trompa y lo lanzó rodando por el suelo a un kilómetro de distancia. Carafoca se levantó y se sacudió los pantalones. El animal olió el rastro del pirata y corrió detrás.

–¡Mi abuela, que me muerde!

Carafoca se subió a un árbol. El animal rodeó el tronco con la trompa, y el árbol crujió.

–No vale. No juego. ¡Eso es trampa! –gritó Carafoca.

Carafoca cortó un enorme avispero que colgaba de una rama, y el avispero cayó en la cabeza del elefante. Las avispas picaron al animal, que salió bufando y se tiró de cabeza en un charco.

–Hasta luego –dijo Carafoca bajando del árbol.

Garrapata se fue mohíno al pueblo de los peluqueros. El rey se quedó muy triste cuando lo vio llegar sin elefantes.

–¿Qué comemos ahora?

–Comeremos raíces de árbol.

Carafoca cogió una zanahoria y dijo:

–Voy a por un elefante.

–Estás loco. Ten cuidado.

Carafoca se fue a la selva silbando y con las manos en los bolsillos. Llegó al bosque y sacó una cuerda. De un extremo ató la zanahoria, y del otro sujetó una gran piedra colgada de un árbol.

–Ya viene uno.

Un elefante llegó despacito al olor de la zanahoria.

–Tira fuerte –dijo Carafoca, escondido detrás de un seto.

¡Cataplum!, el elefante tiró de la zanahoria y le cayó la piedra en la cabeza.

–¡Hurra! Ya es mío.

El animal estaba mareado. Carafoca lo ató por un colmillo y se lo llevó al campamento.

–¡Ya tenemos cena! –chilló Carafoca.

–¿Qué traes?

–Un conejo.

–Vaya cena para todos...

En esto salió de entre los árboles el elefante atado.

–¡Sálvese el que pueda! –gritó Garrapata.

El elefante salió de su mareo y empezó a repartir trompazos a diestro y siniestro. Los guerreros indígenas tiraban flechas, los piratas disparaban sus fusiles.

–¡Cuidado con las chozas!

El animal, enfurecido, aplastó con sus patazas diez o doce chozas.

–¡Preparad los cañones!

Los piratas se subieron a la ballena y cargaron los cañones.

–¡Fuego! –ordenó Garrapata.

Un ruido horrible, y una bala dio al elefante en la barriga. La bala rebotó y le dio a Garrapata en las narices.

–¡Ay! –chilló Garrapata.

El elefante se dio la vuelta y se marchó tranquilamente al bosque.

–Nos quedamos sin cena –lloró Katapumba en un rincón.

–No llore. Ahora se la traeré –dijo Carafoca.

El pirata cogió un serrucho y llamó al orangután.

–Pascasio, ven conmigo.

Los dos amigos se fueron otra vez a la selva. Serraron varios árboles gruesos dejándolos a punto de caerse.

–¿Qué hacemos ahora?

–Esperar un rato. Ya vendrán los elefantes.

–¿Para qué?

–Para rascarse en los árboles.

–¿Y qué pasará?

–Que se les caerá un árbol encima.

Carafoca, partiéndose de risa, se apoyó en un árbol.

–¡Que se cae! –gritó el orangután.

El árbol cayó con gran estruendo sobre Carafoca.

–¡Mi tía, qué fuerza tengo!

En esto llegó un elefante lleno de pulgas y se acercó a los árboles.

–¡Escondámonos! –gritó el orangután.

El elefante se restregó contra un enorme cedro, sonó un chasquido, y el tronco cayó sobre el animal, que murió sin decir ni pío.

–¡Guau! –aulló Carafoca revolcándose de alegría por el suelo.

Garrapata oyó el grito a seis kilómetros y dijo:

–¡Pobre Carafoca! ¡Preparad el entierro!

Los indígenas y los piratas formaron en dos filas llorando a moco tendido. El rey iba detrás, cantando salmodias tristes. La hermosa Casilda berreaba.

Al llegar junto al elefante, vieron a Carafoca sentado encima del lomo del animal. Todos se acercaron y le preguntaron:

–¿Estás vivo?

–Sí.

–¿De verdad?

–Creo que sí.

–¡Hurra! –gritaron los piratas.

Los guerreros indígenas se lanzaron sobre el elefante y empezaron a desollarlo con un gran griterío.

–No os peguéis. Hay para todos –dijo Garrapata.

Quitaron un trozo de piel, luego hicieron un agujero y un guerrero se abalanzó dentro con su cuchillo.

–¡Bumba, bumba! –gritaban los guerreros revolcándose por el suelo.

Las vísceras salían, y el guerrero que estaba en el interior las sacaba por el boquete.

–¡Al abordaje! –gritó el rey Katapumba.

Varios indígenas se precipitaron por el agujero como fieras, dando feroces cuchilladas.

–¡Cu, cu! –chillaban algunos, sacando la cabeza por la boca del elefante.

–¡Paso al hechicero! –gritó Carafoca queriendo meterse por el agujero.

¡Plaf! Garrapata le dio una bofetada.

–¿Dónde vas?

–Es que me quedo sin nada.

Los indígenas empezaron a salir, hechos un asco.

–¡Cochinos! ¡A lavarse!

Los peluqueros no hicieron caso. Cogieron sus hachas y empezaron a descuartizar la carne.

–Yo me llevo una pata –dijo un guerrero.

–Yo otra.

–Yo me llevo la trompa.

–Yo una oreja.

–Yo la otra.

–Pues yo me llevo el rabo –dijo Carafoca.

Garrapata cogió la trompa y le dio un trompazo.

–Deja el rabo, que te sacudo.

Garrapata, a golpes de hacha, arrancó los colmillos y mandó guardarlos.

8

Los buitres. Camino de las tierras de los tragaldabas. Sabañones. Un gato pesado. Volando con la pantera. Un espectáculo de circo.

—Mira, golondrinas –dijo Carafoca, señalando a lo alto.

Unos puntos negros llenaron el cielo. Los puntos se hicieron cada vez mayores. Eran buitres que empezaron a dar vueltas alrededor del elefante. Las aves se posaron en los árboles cercanos, plegando sus alas enormes.

–¡Atiza! Son pavos –dijo Carafoca.

Eran calvos, sin plumas en el cuello y con un pico ganchudo.

–¿Qué queréis, estúpidos? –dijo Carafoca.

Los buitres miraban de reojo los despojos del elefante. Pasó un cuarto de hora. En los árboles había unos quinientos buitres. Al rato, llegaron ochenta marabúes con su largo pico y sus patazas. Eran negros, feos, calvos y arrugados.

–¡Mira, palomas!

Pasó media hora, y los árboles cercanos estaban poblados de toneladas de pajarracos que esperaban a que los guerreros acabaran su tarea.

–Se van a derrumbar los árboles –dijo Carafoca.

De pronto, un buitre batió las alas y se posó junto al elefante.

–Es el general –dijo Carafoca.

Los demás se abalanzaron detrás de él y empezaron a mondar los huesos. Carafoca se lanzó sobre uno y lo cogió del pescuezo.

–¡Hale! ¡A la sartén!

El Chino lo desplumó y lo asó en una hoguera.

–¿Quién quiere pavo? –dijo Carafoca.

–¡Nadie! ¡Eso no es un pavo! –gritó Garrapata.

–Sí que lo es. Me lo comeré yo solo.

Carafoca dio un bocado, y por poco se muere de asco.

–¡Sabe a perro!

Entre tanto, los buitres y marabúes se liaron a picotazos y se armó un guirigay de mil demonios.

–¡Idos a la porra! –dijo el pirata entre las risas de todos.

Garrapata volvió al poblado con todas sus huestes. Los peluqueros iban cargados de carne, embadurnados hasta el cogote y seguidos de un ejército de moscas. La cena fue opípara. Al día siguiente, Garrapata se despidió del rey Katapumba.

–¿Dónde van? –preguntó el rey.

–Camino de las tierras de los tragaldabas.

–¡Hum! No llegarán. Hay muchos peligros.

–Llegaremos. Nos espera la dulce Floripondia.

Los porteadores cargaron con la ballena, con los cocodrilos y con los baúles.

–¡En marcha!

Carafoca no se quería ir, pero Garrapata, de dos tortazos, lo puso en marcha.

–¡Bumba! ¡Bumba! –dijo Carafoca abrazando al rey.

–¡Bumba! ¡Bumba! –se despidió el rey llorando.

La caravana se internó en una selva espesa con unos árboles altísimos. La marcha era muy lenta. Carafoca iba el último porque tenía sabañones a causa del fuerte calor. De pronto, Carafoca vio brillar los ojos de una pantera en lo alto de un árbol.

–¡Atiza! ¡Vaya gato! ¡Es grande!

La pantera abrió una boca enorme.

–¡Debe de estar cazando ratones!

El animal dio un salto y se abalanzó sobre Carafoca. Este brincó, y la pantera se dio un morrón sobre una piedra.

—¡Qué hambre tiene! ¡Me ha confundido con un ratón!

Carafoca dio una sardina a la pantera, y esta se la comió de un bocado.

—¡Hasta luego, *micifuz*!

El pirata siguió su camino. Al dar una vuelta, Carafoca vio que el animal lo perseguía.

—¡Minino!, ¡minino!

La pantera se abalanzó sobre él. Carafoca la cogió en brazos.

—¡Qué manso es! ¡Pero cómo pesa este gatazo!

Aquel terrible animal le dio un zarpazo en un brazo.

—¡No me arañes, cabezota!

Carafoca tiró la pantera al suelo, muy enfadado. La pantera dobló el lomo y se puso con los pelos de punta, haciendo fu y sacando las uñas.

—¡Zape! ¡Zape! —gritó Carafoca.

La pantera echó a correr y se subió a un árbol. El pirata se unió a la expedición. Garrapata había mandado detenerse y hacer la comida.

—¡He visto un gato! —dijo Carafoca.

–¡Vaya tontería! –exclamó Garrapata.

–¡Sí, pero era grande!

–¿Cuánto de grande?

–Dos metros de alto.

–¡Qué exagerado! ¡Eres un cobarde!

–¡Sí! ¡Por poco me arranca un brazo!

–¡Cállate y come!

Carafoca, de pronto, notó una cosa por las piernas. Miró y dijo a Garrapata:

–¡Ya está aquí el gato! ¡No te muevas!

–¡Qué cobarde eres!

La pantera dio un rugido espantoso.

–¿Qué pasa? –preguntó Garrapata.

–Que maúlla el pobrecito. Tiene hambre.

Garrapata miró debajo de la mesa y dio un salto tremendo:

–¡Horror! ¡Una pantera!

Los porteadores y los piratas se subieron encima de la mesa. Carafoca se subió en una silla. La pantera dio un brinco y tiró la mesa patas arriba.

–¡A las escopetas! –rugió Garrapata.

Varios piratas aprestaron las escopetas deprisa y corriendo.

–¡Fuego!

¡Pum! Las dos balas agujerearon la chimenea de la cocina y una cacerola.

–¡Que me muerde! –gritaba Carafoca, subido en la silla.

–Súbete al respaldo –gritó el Chino.

Carafoca se subió al respaldo y se cayó encima de la pantera. El pirata se abrazó a su cuello.

–¡No te sueltes, que te mata! –gritó Chaparrete.

La pantera dio un salto y subió a un árbol con Carafoca encima.

–¡Socorro! ¡Que me voy!

Los piratas vieron, horrorizados, cómo la pantera trepaba hasta lo alto del enorme nogal.

–¡No te sueltes! –gritó Garrapata.

–¡Lo malo es que se suelte el gato! –chilló Carafoca.

Carafoca se soltó y cayó en el vacío.

–¡No te sueltes!

–¡Ya me he soltado!

Seis piratas recogieron en una sábana a Carafoca caído del cielo. La pantera se lanzó también y cayó encima de Carafoca. Los marineros echaron a correr, entre gritos de terror. La pantera abrió la boca y se acercó a Carafoca.

–¡Mamita, que me come!

Carafoca empuñó una silla y se quitó el cinto para emplearlo como látigo. Un trallazo resonó en el aire.

–¡De rodillas! –ordenó Carafoca a la fiera.

Esta daba unos terribles zarpazos contra la silla.

–¡Atrás!, ¡échate en el suelo!

El animal, dando horribles aullidos, se tumbó en el suelo. Carafoca le dio un puntapié y gritó:

–¡Levántate!

El animalote se levantó echando fuego. Carafoca le atizó cuatro silletazos y cinco zurriagazos, que hicieron temblar a la fiera.

–¡Más difícil todavía! –gritó Carafoca.

El pirata metió la cabeza entre los colmillos de la fiera. Los hombres tenían los pelos de punta.

–¡Cuidado! ¡Que tiene dientes! –gritó Garrapata.

–¡Y yo también! –replicó Carafoca.

El pirata encendió un cigarro y se puso a fumar dentro de las fauces del animal.

–¡Bravo! –chillaron todos.

La pantera empezó a toser con el humo y se cayó al suelo, mareada. Carafoca puso un pie sobre su cabeza y saludó al público.

–¡Viva Carafoca! –chillaron todos, maravillados por aquel magnífico espectáculo.

El pirata pasó la gorra, y una multitud de monedas cayó en ella como premio a su actuación. La pantera, avergonzada, se fue con el rabo entre las piernas.

—¡Zape, zape! A cazar ratones —gritó Carafoca.

9 *La caza de grillos de medio metro. Los feroces pelagatos. Un zapato de Floripondia.*
Los siete contra Tebas. Cangrejos de un metro.

P**OR LA TARDE**, Carafoca, en vez de echarse la siesta, se fue a cazar grillos.

–¡Tenga cuidado! –dijo Banana.

–¿Por qué?

–Porque son feroces y grandísimos.

–¡Tonterías! Estoy harto de cazar grillos.

–Llévese el rodillo por si acaso.

Carafoca se internó en el bosque. El ruido de los grillos era tremendo. Oyó cantar a uno y se acercó. Era un sonido dulce y melodioso.

–¡Atiza! ¡Un grillo que toca la flauta! –exclamó Carafoca.

Con mucho cuidado, se acercó al pie de unas piedras. Un bicho oscuro, como de medio metro, sentado en el suelo, tocaba la flauta.

–¡Debe de ser un grillo flautero!

Carafoca le hizo cosquillas con una pajita en la oreja. El grillo le dio un mordisco en la mano. Carafoca se abalanzó sobre él y le dio con el rodillo en la cabeza.

–¡Te cogí!

Carafoca ató las piernas del grillo. Luego lo llevó arrastrando por el bosque hasta el campamento.

–¡Traigo un grillo flautero! –gritó el pirata.

–¡Socorro!, ¡un pelagato! –chilló Banana.

–¿Y qué es eso?

–¡Un salvaje que caza hombres como ratones!

–¿Y por qué se llama pelagato?

–Porque araña y maúlla como los gatos.

Los porteadores tenían la carne de gallina. Temían muchísimo a los pelagatos.

Eran una tribu de enanitos. No levantaban más de ochenta centímetros del suelo.

–¡Huyamos! –gritaron los porteadores.

–¡Cobardes! ¡Volved aquí! –gritó Garrapata, a latigazos.

De pronto, empezaron a oírse terribles maullidos. Los árboles se llenaron de pelagatos, que saltaban de rama en rama con los ojos brillantes y el espinazo doblado.

–¿Qué querrán? –preguntó Chaparrete.

–¡Comerse la ballena! –dijo Banana.

–¿Por qué?

–Porque se creen que es una sardina.

La ballena estaba nerviosa. Olía el peligro. Empezó a dar coletazos. Uno dio en un árbol, y más de quinientos pelagatos cayeron al suelo. Aquellos salvajes se lanzaron sobre la ballena con las uñas afiladas.

–¡Armaos de sillas! –ordenó Garrapata.

Los piratas cogieron cada uno una silla y se subieron a la ballena. Allí, a silletazo limpio, rechazaron el ataque de los pelagatos. La ballena se revolcaba de dolor. A cada coletazo caían de los árboles nubes de salvajes, aullando.

–¡Bis, bis! –llamaba Carafoca, subido en la mesa.

A cada pelagato que se acercaba, Carafoca le arreaba un silletazo descomunal. Algunos porteadores cayeron devorados por aquellos feroces salvajes.

El único que se paseaba tranquilamente era la Armadura. Cientos de pelagatos se amontonaban sobre ella.

–¡Quemad los árboles! –ordenó Garrapata.

El Chino prendió fuego a unas matas. El viento era fortísimo. El fuego ardió en los árboles, y los pelagatos empezaron a caer abrasados. ¡Qué maullidos!, ¡qué bufidos!

–¡Huyamos! –ordenó Garrapata.

La expedición recogió los cacharros y huyó.

La selva desembocó en un camino que se abría entre los árboles. Garrapata encontró un objeto y se agachó a cogerlo.

–¡Un zapato de Floripondia!

Garrapata lo besó y lo regó con abundantes lágrimas.

–¡Floripondia está cerca! –gritó Chaparrete.

–¡Y el tesoro! –chilló Carafoca.

–¡Sigamos las huellas! –dijo Banana.

Las huellas terminaban en un precipicio. Una vista maravillosa se extendía a sus pies. Era un valle grandísimo. Un río lo cruzaba. A lo lejos se veía una ciudad entre montes.

–¿Qué tribu vivirá allí? –preguntó Garrapata.

–¡Atiza, son los tragaldabas! –gritó Banana.

–¡Plantad el campamento! –ordenó Garrapata.

La ballena fue acostada en un lecho de paja. Garrapata pidió voluntarios para rescatar a Floripondia. Todos querían ir.

–¡Solo irán siete! –gritó Garrapata.

–¡Yo halé la comida! –exclamó el Chino.

–¡Bien! ¡Ya hay uno!

–¡Yo guiaré por el camino! –dijo Banana.

–¡Bien! ¡Ya van dos!

–¡Yo repartiré estopa con el rodillo! –chilló la Armadura.

–¡Y van tres!

–¡Yo llevaré las maletas! –se ofreció Tocinete.

–¡Y van cuatro!

–¡Yo llevaré el cañón! –aulló Pascasio, el orangután.

–¡Y van cinco!

–¡Yo llevaré las balas! –gruñó Garrapata.

–¡Y van seis! –chilló el loro.

–¡Yo llevaré las cerillas! –gritó Carafoca.

–¡Y van siete!

–¡Adelante! –aulló Garrapata.

Chaparrete quedó al mando del campamento. Miss Laurenciana se despidió de los siete hombres con lágrimas de emoción.

–¡Adelante! –volvió a gritar Garrapata.

–¡Hay un precipicio! –exclamó Carafoca.

–Ya lo sé. Sacad una cuerda.

Los siete hombres se empezaron a descolgar por la larguísima cuerda.

–¿Corto la cuerda? –dijo Carafoca, sacando su cuchillo.

–¿Para qué?

–Así llegamos antes.

–¡Estúpido! ¡Así nos mataremos!

Después de muchos esfuerzos, los siete llegaron al fondo del valle.

–¡Andad con ojo! –advirtió Garrapata.

Carafoca empezó a arrastrarse por el suelo.

–¿Qué haces?

–¡Estoy andando con un ojo!

–¡Necio! ¡Levántate!

Los hombres siguieron por una vereda. Un tragaldabas sentado en una piedra se comía una cabra cruda. Carafoca se adelantó.

–¡Mira! ¡Mira un buey volando! –dijo al salvaje.

–¿Dónde?, ¿dónde?

–¡Allí!

¡Cataplum! Garrapata le atizó con un rodillo y lo dejó tieso.

–¿Dónde está el buey? –preguntó el Chino con la boca abierta.

–¡Ja, ja, ja! ¡No era un buey! ¡Era una vaca! –rió Carafoca.

Una flecha silbó por el aire y se llevó el sombrero de Carafoca.

–¡Vaya aire que hace! ¡Cómo silba!

Carafoca fue a por su sombrero, que estaba clavado en un árbol.

–¡Mira! ¡Mira qué bonito! ¡Tiene una flecha! –chilló Carafoca.

–¿Una flecha? ¡Todos al suelo, majaderos!

Tres tragaldabas arrojaban flechas subidos en un árbol. La Armadura avanzó. Una lluvia de flechas la atravesó. Los tragaldabas se echaron encima, y la Armadura les arreó tres bofetadas que los dejó tarumba.

–¡Sigamos! –ordenó Garrapata.

En un recodo del río, cuatro tragaldabas, armados, pescaban cocodrilos con una caña.

–¿Pican? –preguntó Carafoca.

–No.

–¡Pues ya verán cómo pican!

Carafoca les dio un empujón y los cuatro cayeron al río.

–¡Cómo pican! –gritaron los tragaldabas.

Los cocodrilos se los comieron y solo dejaron las raspas. Los piratas siguieron su camino. Junto a la orilla había cuatro piraguas.

–¡Mirad!, ¡piraguas! –exclamó el orangután.

Los siete hombres subieron a ellas y navegaron por el río, en dirección al pueblo. Después de algún tiempo, llegaron junto a un puente de madera, lleno de guerreros.

–¡Cuidado! ¡Tiraos al agua! –gritó Garrapata.

–¡Está muy fría! –protestó Carafoca.

Garrapata lo tiró al agua de un empujón.

–¡Socorro!

–¿Qué te pasa?

–¡Caca!

–¡Cochino!

–¡Socorro! ¡Caca! ¡Un caca!

–¿Qué es? ¿Un caimán?

–¡No! ¡Un ca... cangrejo!

–¡Cobarde! ¡Los cangrejos no hacen nada!

Los piratas sacaron a Carafoca del río. Un cangrejo gigante, de un metro, tenía cogida con sus pinzas una pierna del marinero.

–¡Matadle con el hacha! –ordenó Garrapata.

El orangután dio un hachazo al cangrejo. Este soltó su presa, pero atacó a los piratas ferozmente.

Cinco cangrejos salieron del agua. Una terrible batalla a hachazos y pedradas se organizó entre los crustáceos y los piratas. Uno agarró la pata de palo de Garrapata y tiró de ella.

–¡Miserable! –aulló Garrapata, dando un estacazo al cangrejo.

El Chino se subió a un árbol, pero un cangrejo lo agarró de la coleta. La Armadura le dio con el rodillo en el caparazón, y el cangrejo cayó patas arriba.

–¡Subíos al árbol! –ordenó Garrapata.

En un momento, los seis hombres subieron a un enorme árbol.

–¡Cuidado! ¡Están serrando el árbol!

Los cangrejos, con sus enormes sierras, empezaron a arrancar pedazos de madera. Carafoca sacó de su macuto un cohete y lo encendió.

–¡Fuego! –ordenó Garrapata.

¡Pum!, el cohete estalló entre los cangrejos, que dieron un salto.

–¡Cangrejos a la paella! –gritó el Chino.

Los feroces animales, al oír aquello, pusieron pies en polvorosa y se lanzaron al río.

–¡Hurra! –chillaron todos tirándose del árbol y abrazándose llenos de alegría.

10 *De dos en dos. Tocinete y el Chino no quieren ser antropófagos. Carafoca y sus dos mil inmortales. Garrapata y la Armadura: hojalateros. Aparece Pistolete como ministro. Banana y el orangután por un túnel con un agujero horrible.*

LOS SIETE HOMBRES tuvieron consejo de guerra mientras se merendaban un cangrejo.

–¿Cómo entraremos en el pueblo?

–Disfrazados de nativos.

–¿Y cómo nos teñimos para tener la piel oscura?

–Con betún –dijo el Chino, sacando una caja del bolsillo.

Los hombres se embadurnaron hasta las orejas. Luego se despidieron con lágrimas en los ojos.

–Vayamos de dos en dos –dijo Garrapata.

–¿Y dónde nos encontraremos? –preguntó Cara-foca.

–En el poblado.

Tocinete y el Chino salieron los primeros. Saltaron a una piragua y llegaron a la ciudad, remando río abajo. Unos tragaldabas se estaban zampando a un mono crudo en mitad de una plaza.

–¿Quieren un poco? –preguntó el más feo.

–¡Gracias! ¡Que aproveche!

Los tragaldabas, furiosos, se levantaron.

–¿De qué tribu sois?

–De los cacharreros.

–¿Y no coméis monos crudos?

–No. Los comemos en escabeche.

–¡Qué porquería!

Los tragaldabas se sentaron alrededor de los dos hombres. El sol empezó a derretir el betún, y los tragaldabas dieron un salto.

–¡Son blancos, son blancos!

–¡Los llevaremos al rey!

Entre gritos y aullidos, fueron conducidos a palacio. La ciudad era grande y hermosa. Grandes casas de barro, árboles, plazas y el gran palacio del rey Mendrugo en el centro. Al llegar a palacio, el rey estaba durmiendo la siesta.

–¿Qué pasa?

–Hemos encontrado blancos –dijeron los tragaldabas.

–¿Son gordos?

–Uno sí.

El rey miró a Tocinete, se relamió y dijo:

–Me lo comeré para merendar.

Mientras tanto, Carafoca había hecho su camino solo. Corrió a través del bosque y se encontró, de pronto, entre una turba de guerreros que hacían la instrucción. Todos llevaban pieles de leopardo y daban saltos. Carafoca llamó a uno.

–¿Qué hora es?

El guerrero miró al sol, y Carafoca le pegó una bofetada y lo tiró al suelo. Le quitó el hacha y la piel de leopardo y se vistió de guerrero.

–¡Bugui, bugui! –gritó Carafoca.

–¡Bugui, bugui! –respondieron los guerreros.

Una danza desenfrenada se desató entre los guerreros. Carafoca, en medio, daba unos saltos espeluznantes.

–Yo me voy –dijo Carafoca.

–Yo me voy –respondieron los guerreros.

Carafoca se subió a un árbol, y los dos mil guerreros se subieron detrás. El pirata se dio cuenta de que había cogido el traje de un jefe. Por eso los guerreros lo seguían.

–¡Al suelo! –gritó Carafoca.

–¡Al suelo! –chillaron los guerreros.

Carafoca se tiró de cabeza, y los dos mil guerreros se tiraron también de cabeza.

–¡Al río! –chilló Carafoca.

–¡Al río! –gritaron todos.

El río se llenó de guerreros. Algunos fueron devorados por los cocodrilos. Carafoca salió y se dio cuenta con horror de que se había desteñido.

–¡Es un blanco! –gritaron los guerreros.

Una turba de guerreros apresó al pobre Carafoca, que fue llevado al palacio del rey.

¡Tararí!

En ese momento, el rey salía de su palacio en dirección al templo del dios Rinoceronte.

–¡Paso al rey!

La muchedumbre se arrodilló y bajó el pescuezo. El rey, en una carroza llevada por veinte hombres, pasó ante Carafoca. Este dio un salto y se escondió debajo de la carroza.

–¡Paso al rey! –gritaba Carafoca, muerto de risa.

La comitiva entró en el templo, y las trompetas de plata sonaron otra vez. Los guerreros levantaron la cabeza y chillaron:

–¿Dónde está el blanco?

Mientras tanto, Garrapata y la Armadura avanzaban por un camino. Encontraron dos camellos salvajes y se montaron. Garrapata llevaba un manto colorado y un paraguas. La Armadura, con un matamoscas, le espantaba respetuosamente los mosquitos.

–¿Quiénes sois? –preguntaron unos centinelas.

–Soy el rey de los hojalateros.

Centenares de guerreros rodearon a Garrapata, chillando.

–¿Hojalateros? ¡Qué risa! ¿Es que sois de hojalata?

–Sí –repuso la Armadura.

Un salvaje dio un mordisco a la Armadura y se rompió tres dientes.

–¡Caramba, pues es verdad! –gritaron todos.

Con gran pompa, fueron llevados los dos piratas al palacio del rey. Sonaron las trompetas, y la muchedumbre agachó la cabeza.

–¡Paso al rey de los hojalateros!

El rey y toda su corte los esperaban en el salón del trono. Garrapata presentó sus ofrendas.

–¿Qué es esto? –preguntó el rey.

–Una sartén.

–¿Para qué sirve?

–Para freír sardinas.

–¿Y esto?

–Un embudo.

El rey lo olió y no quedó muy satisfecho. Vio el anteojo que llevaba Garrapata y preguntó:

–¿Qué es eso?

–Un anteojo.

–Yo querer anteojo.

El rey miró por el anteojo y gritó:

–Anda, un elefante en un árbol.

–No, majestad. Es una pulga.

–¡Oh! ¡Qué gran ojo! ¡Ser una maravilla! ¿Se ven las estrellas?

–Sí, majestad.

–¿De día?

–De día y de noche.

–¿De verdad?

¡Pumba! Garrapata le atizó con el telescopio en la cabeza, y el rey exclamó:

–¡Atiza! ¡Es verdad! ¡Y además, de colores!

Toda la corte quiso ver las estrellas, y Garrapata tuvo que repartir estopa a diestro y siniestro, hasta que todos quedaron con su chichón correspondiente.

–¿Es verdad que sois de hojalata?

–Sí, probad –dijo la Armadura.

–¡Ahí va!

Los nobles guerreros mordieron a la Armadura y perdieron muchos dientes.

–¡Mira quién viene! –exclamó Garrapata, aterrado.

Por una puerta apareció Pistolete vestido con una sábana blanca. Un guerrero chilló:

–¡Paso al primer ministro!

–¡Paso, que piso! –gritó orgulloso Pistolete, pisando un sabañón a un súbdito.

Pistolete se quedó titubeante mirando a Garrapata.

–¿Quiénes sois! –preguntó.

–Yo soy el rey de los hojalateros.

–¡Mentira! ¡Arreglad esta sopera vieja!

–La arreglaré.

Garrapata tomó la sopera, que tenía un agujero, sacó un trozo de chicle y lo tapó. Luego dijo triunfalmente:

–¡Ya está!

–¡Hurra! –gritó el rey Mendrugo echando sopa en la sopera. Los nobles abrazaron a Garrapata. El rey se acercó a una estufa vieja que había en un rincón y dijo:

–¿Podrías arreglar la gran estufa?

Garrapata se rascó la cabeza. Sacó un paquete de pólvora, lo metió en la estufa y preguntó:

–¿Qué le pasa?

–Que no tira, está atrancada.

–Pues ahora sí que tirará.

Garrapata prendió un petardo, lo puso en la estufa y, ¡pum!, este salió por el techo, abriendo un boquete. El estampido tiró a todos al suelo.

–¡Caramba!, ¡cómo tira! –exclamó el rey.

Pistolete se sacudió el hollín y gritó furioso:

–¿Y ahora dónde asamos las castañas?

–¡Es verdad! –chillaron los nobles.

Garrapata sacó una lata vacía de escabeche y ordenó:

–¡Traed un clavo!

–No tenemos.

La Armadura sacó un sacacorchos e hizo varios agujeros en la lata.

–¡Ya está! –gritó Garrapata.

Hizo astillas con el sillón del rey y, haciendo una hoguera, puso encima la lata.

–¡Castañas! ¿Quién quiere castañas? –chilló Garrapata.

–¡Hurra! –gritaron los nobles.

–¡Ay! –chilló Pistolete.

Una castaña saltó y le dio un castañazo en un ojo.

Mientras tanto, Banana y el orangután corrían por un monte. De pronto, vieron a dos tragaldabas que salían de una cueva con dos baúles. Pasaron luego por un puente.

–¡Echad una mano! –gritó uno de ellos.

–¡Os echaremos un pie! –dijo Banana.

Banana les puso la zancadilla, y los dos tragaldabas cayeron de cabeza al río.

–¡Carguemos con los baúles!

–¡Atiza! ¡Cómo pesan! –dijo el orangután.

Abrieron los baúles y los encontraron llenos de adoquines.

–¡Vamos a palacio!

Al llegar al palacio, los guardianes les hicieron bajar por unas escaleras. Un guardián abrió una puerta.

–¡Canastillos! ¡Cuánto oro! –gritó el orangután.

–Arreglad ese agujero, luego os mataremos –ordenó el guardián.

–¿Por qué?

–Para que no digáis lo que habéis visto.

–¡Yo soy sordo! ¡No he visto nada! –gimió Banana.

–¡Y yo soy mudo! No puedo hablar –lloró el orangután.

El guardián cerró la puerta con llave. Los dos hombres abrieron las tapas de los cofres.

–¡Anda! ¡Mira el tesoro de Garrapata! –dijo Banana.

Los dos hombres se miraron, cargaron con el cofre y desaparecieron por el agujero.

–¡Qué oscuro está esto! –exclamó Banana.

–¡Cuidado! ¡Que viene alguien!

11 *Tocinete y el Chino en el postre. Aparece Floripondia. El orangután y Banana en un «bujero sin fondo». Tocinete, el Chino, Garrapata, la Armadura y Floripondia en el potaje. El agujero y el caracol gigante. Los tirantes de Carafoca.*

PERO ¿qué era de Tocinete y el Chino? ¿Vivían todavía?

Sí, pero justo se los iban a comer. Estaban atados a un poste, en medio de la plaza. El gran hechicero saltaba como un loco y, de vez en cuando, los pinchaba con un tenedor.

–¿Nos comerá crudos? –preguntó Tocinete.

–No. Los viernes toca carne asada –dijo el hechicero.

Garrapata y la Armadura miraban asustados desde una ventana. El rey Mendrugo se afilaba los dientes con una lija.

–¿Puedo ir al templo? –le preguntó Garrapata.

–Sí, vete, rey de los hojalateros –dijo Mendrugo.

El templo era enorme. La estatua del dios Rinoceronte estaba en el centro. Alrededor había unas sacerdotisas vestidas de rojo. Eran bastante feas.

–¡Tengo hambre! –dijo el dios Rinoceronte.

El gran sacerdote dio un brinco. Las sacerdotisas se pusieron de rodillas, temblando.

–¡Tengo hambre! –repitió el dios.

Garrapata sacó media libra de chocolate y la introdujo en la boca del monstruo.

–¡Ay! Me ha mordido.

–¡Cu, cu! –Carafoca sacó la cabeza.

–¡Será posible! –chilló Garrapata–. ¡Vaya susto!

En esto salió por una puerta una joven hermosísima. Garrapata, tembloroso, se acercó. Se limpió el sudor con el pañuelo, y el betún desapareció de su cara. La joven lanzó un grito:

–¡Garrapata! ¡Oh! ¡Garrapata!

Floripondia cayó sin sentido en los fuertes brazos del pirata. Las sacerdotisas dieron un chillido. Garrapata cargó sobre sus robustos hombros el dulce peso de la joven.

–¡A mí los guerreros! –exclamó el sacerdote.

–¡A la torre! –gritó Garrapata.

Los dos piratas subieron a una altísima torre que se erguía sobre el río. Una escalera de caracol retorcida llevaba hasta el campanario.

–¡Que vienen! –gritaba Garrapata sudando como un pato.

Las pisadas se acercaban. Por fin, los dos hombres llegaron a la cima con su preciada carga. Cuatro cabezotas de guerreros enmascarados asomaron por la escalera. Levantaron sus lanzas y se abalanzaron sobre Garrapata y la Armadura.

Pero volvamos un momento al pasadizo del tesoro. Allí el orangután y Banana, cargados con los cofres, temblaban.

Unos ruidos misteriosos venían del túnel.

–¡Cuidado! ¡Un pozo! –gritó Banana.

Un pozo lleno de serpientes, arañas, escorpiones y cucarachas gigantes se abría en el camino.

–¡Pasemos por esta viga!

Los dos hombres cargados cruzaron por una viga carcomida. Las serpientes silbaban. La viga crujió.

–¡Cuidado! ¡La viga!

La viga se rompió y los dos hombres cayeron al vacío. Los asquerosos animales abrieron sus pinzas...

Pero vayamos a la plaza donde Tocinete y el Chino esperaban su suplicio. El rey estaba sentado en un trono. Pistolete y Comadreja se partían de risa, tirándoles huesos de cereza a la cara.

–¿Cuándo empieza el tostadero? –preguntó el rey.

–Cuando la luna esté en plenilunio.

–¿Cuánto tiempo falta?

–Un cuarto de hora.

En esto, Garrapata apareció en lo alto de la torre con Floripondia en sus brazos. Cuatro guerreros querían sujetarle. Garrapata se tiró al río; y los cuatro guerreros cayeron detrás, en plena pataleta. Al final, se lanzó la Armadura.

–¡A por ellos! –gritó el rey Mendrugo.

Una manada de guerreros se lanzaron al río y sacaron a la joven y a los dos piratas.

–¡Atiza! ¡Es Garrapata! –chilló Pistolete.

–¿Le conoces? –preguntó el rey.

–Sí. Viene a robarnos el tesoro y a Floripondia.

–Los mataremos a los tres.

En un momento, los tragaldabas ataron a Floripondia y a los dos piratas en sendos palos rodeados de leña. Carafoca asomó por una ventana del templo y exclamó:

–¡Caramba! ¡Los van a tostar!

Salió del templo y se arrastró entre los árboles. Un guerrero lo vio y le preguntó:

–¿Quién va?

–Soy una serpiente.

El guerrero se lo creyó y siguió vigilando. Carafoca se acercó a unas matas cercanas al hechicero. La luna llegó al plenilunio.

–¡Prended la leña! –ordenó el rey.

El hechicero encendió su mechero. La Armadura sacó un cigarro y preguntó:

–¿Me da fuego, por favor?

El hechicero, con risa siniestra, encendió la leña. Una llama gigantesca rodeó a la Armadura.

–¡Gracias! –dijo esta.

Cuando el humo se disipó, los salvajes saltaron para devorar al prisionero. La Armadura estaba al rojo vivo. Varios hombres la agarraron y quedaron abrasados.

–¡Ahora es la mía! –chilló Carafoca.

Se acercó al hechicero y metió la mano en el bolsillo.

–¡Ya lo tengo! –chilló, y se escabulló entre las sombras.

–¡Quemad a Floripondia! –ordenó Mendrugo, furioso.

El hechicero, rechinando los dientes, se acercó a la joven, metió la mano en su bolsillo y exclamó:

–¡Maldición! ¡Me han quitado el mechero!

El hechicero salió corriendo a por las cerillas.

Pero sigamos un momento con Carafoca. El pirata, después de correr como un conejo por los matorrales, se dio de narices con un guerrero.

–¿Dónde va?

Un puñetazo fue la respuesta.

–¡Caramba, un pasadizo! –exclamó Carafoca.

En el muro había un agujero negro.

–¡Qué miedo! ¡Qué oscuro está!

Ruidos extraños se oían por doquier. En un recodo del subterráneo había un pozo profundísimo.

–¡Ja, ja! Esto es una trampa. Un salto y ya está.

El pirata saltó y cayó al vacío.

–¡Socorrooo!

Unas garras lo atenazaron en el aire. Debía de ser un animal monstruoso.

–¡Suélteme! ¡Soy un pobre huérfano! –gimió el pirata.

Una risotada se escapó de la boca del monstruo.

–¡Atiza! ¡Es una hiena!

–No soy una hiena, soy Pascasio.

–¿Y qué haces aquí?

–Nada, colgado de un gancho por los pantalones.

–¿No se romperán?

–De un momento a otro.

–¿Y Banana?

–Colgado también.

–¿Y qué hay abajo?

–Bichos.

–¡Mi tía! ¡Vámonos!

De pronto, se oyó un chasquido. Carafoca preguntó:

–¿Qué te pasa?

–Nada. Los pantalones.

–¿Tenéis hilo y aguja?

–No.

–Entonces nos caeremos.

En esto, unos cuernos rozaron la cara de Carafoca.

–¡Atiza! ¡Que viene un toro!

–No es un toro, es un caracol gigante –dijo Banana.

–¡Agarraos a los cuernos! –exclamó Carafoca.

El enorme caracol trepaba lentamente por la pared. Los piratas, fuertemente agarrados, iniciaron la ascensión.

–¡Ve más deprisa, pesado! –gritó Banana.

–¡Ay! ¡Me ha mordido! –chilló Carafoca.

–He sido yo –exclamó Pascasio–. Me caía.

–¡Agárrate a la concha!

–¡Me escurro! ¡Echa baba!

–¡Cochino! –dijo Carafoca–, ¡que ya eres grandecito!

–¡Cuidado! ¡Que se va para atrás!

–¡Pícale con un alfiler! –gimió Carafoca.

–¡No, que se enfada!

El caracol, con el enorme peso, resbalaba por la pared.

–Carafoca gritó aterrado:

–¿Tenéis *sindeticón*?

–Sí, tengo un tubo! –gritó Pascasio.

Carafoca vació el tubo en la boca del animal, y la baba se hizo más consistente.

–¡Arriba! ¡Gandul!

El caracol trepaba con más seguridad, pero echaba mucho humo por la chimenea.

–¡Va a explotar la caldera!

—¿Falta mucho?

—Solo unos metros —dijo Banana.

—Pues con este cacharro no llegamos nunca.

—¡Cuidado!

—¿Qué pasa?

—Que está encogiendo los cuernos.

—Entonces nos caeremos. ¿Tenéis cebolla?

—Sí, tengo una —dijo el orangután.

—Restriégasela en los ojos —ordenó Carafoca.

El animal, al sentir la picante cebolla, sacó los cuernos, y los piratas se agarraron bien.

—¡Ya llegamos! —aulló Banana.

Carafoca atizó un latigazo al caracol y chilló:

—¡Al galope!

El caracol dio un brinco, y el peñasco donde estaba sujeto cedió. El animal se precipitó al vacío.

—¡Adiós, amiguito! —saludó Carafoca.

Los tres piratas, agarrados al borde del precipicio, se partían de risa.

—¡Estamos salvados!

—¡Que se cae la roca! —gritó Banana.

De un salto, los tres piratas se agarraron a la viga carcomida. Abrazos, risas y apretones de manos se sucedieron un buen rato. De pronto, crujió la viga.

–¡Cuidado, que se chasca!

El orangután pudo agarrar a Banana de los pelos, pero Carafoca se precipitó en el vacío.

–¡Socorro!

Los bichos abrieron sus bocazas y sus pinzas.

–¡Pobre Carafoca, no hay quien lo salve!

–¡Hola! –gritó Carafoca.

El pirata apareció en la boca de la sima y volvió a desaparecer otra vez. Así hasta diez veces.

–¡Está embrujado! –exclamó Banana.

–No, es que está sujeto a la viga por los tirantes.

–¡Vamos a salvarle!

Los dos hombres tiraron de los tirantes con todas sus fuerzas. Carafoca subía y bajaba por el pozo y se tronchaba de risa.

–¡Qué bonito!, ¡parece un tiovivo!

Al fin, Pascasio lo cogió por el cuello con el mango del paraguas y lo puso en sitio seguro.

–¡Vámonos! –gritó Pascasio–. Se oye ruido.

–Seguid por ahí con el tesoro –ordenó Carafoca.

–¿Y tú dónde vas?

–Por allí, a lo alto del volcán.

–¿Qué vas a hacer?

–Salvar a Floripondia y a los demás.

–Adiós, nos veremos mañana en el campamento de la ballena.

Carafoca salió corriendo por un lado y los otros dos salieron a un bosque cargados con el tesoro.

12 Suplicio de Floripondia. Carafoca y sus cohetes. La pata se rompe. Muerte de Carafoca. Lamentos de Garrapata.

Mientras tanto, en la plaza, el suplicio iba a comenzar. El hechicero, con las cerillas en ristre, gritó:

–¡Extranjera, vas a morir!

Encendió un fósforo, y Floripondia se desmayó aterrada. De pronto, el volcán empezó a lanzar grandes explosiones. Una lluvia de fuego subió al cielo.

–¡El volcán! ¡El volcán! –gritó el hechicero.

Los indígenas echaron a correr. El rey ponía los ojos en blanco. Pistolete y Comadreja se escondieron debajo de un sillón.

–¡Vaya susto que le he dado! –reía Carafoca, encendiendo un manojo de cohetes en lo alto del volcán–. ¡Allá va el más gordo! –gritó.

¡Pum! Los indígenas dieron un salto y huyeron a la selva. La Armadura desató a todos, y Garrapata cogió a Floripondia, que estaba desmayada.

–¡Huyamos en las piraguas!

El pirata corría monte abajo, con el dulcísimo peso de Floripondia, que había engordado quince kilos durante su encierro en el templo del dios Rinoceronte.

–¡Qué hermosa está! –dijo miss Laurenciana, resollando detrás penosamente, pues sufría de asma.

–El dios Rinoceronte le ha contagiado su peso –rezongó, malhumorado, Garrapata.

En ese instante, Garrapata, al saltar una zanja, se rompió la pata de madera.

–¡Qué mala pata!

El pirata dejó a su amada en el suelo y se puso a arreglarse la pata, atándola con una cuerda. Mientras tanto, las flechas arreciaban, y los guerreros del rey Mendrugo se acercaban rabiosos.

–Señol, coled, que vienen los mendluguelos.

El Chino intentó recoger del suelo a Floripondia.

–No puelo. Pesa una aloba.

De entre unas rocas, surgió un guerrero. Llevaba en su mano una cachiporra descomunal y una careta hecha con barbas de mono. Era el hechicero. Avanzó, se acercó a Floripondia y la cogió entre sus brazos.

–¡Ja, ja! Ya es mía.

Miss Laurenciana le puso la zancadilla con el mango de su sombrilla y, ¡zas!, el guerrero cayó al suelo, y Floripondia salió disparada por el aire. La muchacha fue a caer en los férreos brazos de la Armadura, que venía perseguida por una turba de enemigos. Todos corrían como locos hacia el río Caca. Garrapata los seguía, cojeando penosamente.

–¿Y Carafoca?

Carafoca venía saltando desde lo alto del monte. Los guerreros del rey iban a darle alcance.

–¡Corre, majadero! –dijo Banana, haciendo bocina con sus manos.

–Esperadme un momen...

No pudo decir «to». Una flecha envenenada lo atravesó por la espalda, y el pobre Carafoca quedó clavado como una mariposa en el tronco de un sauce llorón.

Miss Laurenciana, Tocinete, Floripondia, la Armadura, el Chino, Garrapata y Banana se taparon los ojos con las manos.

–¡Pobre Carafoca!

El hechicero se acercó a Carafoca, le arrancó la flecha que lo atravesaba, y el pirata cayó al suelo.

13

¿Crudo o asado? Buitres a la espera.
Al corro de la patata. ¿Dónde está Carafoca?

—LEVÁNTATE.

–No puedo. Estoy muerto –contestó Carafoca, llorando.

Cien manos lo agarraron y lo llevaron, entre gritos de guerra, hacia el centro del poblado, donde las ancianas cocineras de la tribu habían preparado una perola rodeada de leña recién cortada.

–¡Vas a morir!

–¡Qué pena! –lloró Carafoca–. ¡Con lo bien que se está vivo!

Los guerreros le quitaron los zapatos y los calcetines. En ese instante terrible, Carafoca oyó una voz.

–¡Eh, Calafoca!

Era el Chino, que se había encaramado al árbol altísimo cuyas ramas se alzaban sobre la olla hirviente. Cientos de buitres y otras aves carroñeras infestaban el árbol.

–Calafoca, pol tu tía, entletenlos cinco minutos.

–¿Por qué?

El Chino sacó un pequeño calendario de bolsillo y señaló hacia el sol.

–Va a habel un eclipse de sol a las 12:15. Faltan cinco minutos. Inventa algo o te echan al caldelo.

En efecto, el rey Mendrugo ya levantaba la mano.

–Cómo querer morir, ¿crudo o asado?

Carafoca se rascó la cabeza y dijo para ganar tiempo:

–Frito y con muchas patatas.

Todas las ancianas cocineras se pusieron a pelar patatas. Cuando acabaron dos o tres sacos, Carafoca gritó:

–¡Más patatas!

Así, tres veces, hasta que el rey se hartó y dijo:

–Se acabó, a la sartén.

Los guerreros cogieron a Carafoca y lo echaron a la sartén.

–¡Huele a churros! –observó Carafoca.

–¡Pues vas a oler a empanadillas! –rió el monarca.

Las ancianas cocineras echaron las patatas, y los guerreros comenzaron a girar como locos alrededor de la sartén, gritando:

Al corro de la patata.
Comeremos ensalada...

Carafoca notaba que el aceite estaba cada vez más caliente. A cada instante miraba el termómetro que le acababa de arrojar el Chino.

¡Treinta grados!

¡Treinta y un grados!

¡Treinta y dos grados!

¡Cincuenta grados!

Había llegado a los 60° cuando las gallinas y los patos sagrados del templo comenzaron a cacarear de una manera extraña.

–¡El eclipse! –susurró el Chino.

La luz empezó a apagarse por momentos. Parecían las cinco de la tarde, las seis, las siete, las ocho, las nueve, las nueve y media... Los indígenas seguían bailando, hasta que el rey dio un salto y gritó:

–¡Maldición, se ha ido Carafoca!

Todos corrieron como locos.

–¡Buscadle!

Pero ya era tarde. Unos corrieron a la selva, otros al templo, otros hacia el río.

–¿No estará en el árbol?

A tientas subieron al árbol, y a tientas encontraron una soga que descendía hasta el centro de la caldera.

–¡Por aquí andará!

Se oyó en esto un ruido tremendo de alas y graznidos; cien, doscientos, trescientos, cuatrocientos buitres sacudieron con sus alas el aire y dejaron el árbol vacío. Fue raro, se marcharon todos juntos en dirección al río como si alguien los hubiera atado. Detrás parecían colgar dos sombras.

–¡Atrapadlos!

Los guerreros alzaron las manos en el vacío, y muchos cayeron de lleno en la sartén.

¡Chop! ¡Chop! ¡Chop!

Los gritos se oyeron durante un rato hasta que el capítulo se terminó.

14

El eclipse de sol. Continúa el eclipse de sol.
Eclipse de luna. ¿Dónde se han metido?

NOTA DEL AUTOR: Sentimos profundamente que estas emocionantes aventuras hayan sido interrumpidas en este punto por culpa del famoso eclipse de sol de 1805, donde desaparecieron los personajes de este libro. Recientemente se han descubierto huellas extrañas en Egipto. ¿Serán de ellos?

Y TAMPOCO PUEDES PERDERTE LAS AVENTURAS DE **FRAY PERICO.**

Fray Perico y su borrico

Fray Perico y la primavera

Fray Perico en la guerra

Fray Perico, Calcetín y el guerrillero Martín

Fray Perico en la paz

Fray Perico y Monpetit

Fray Perico de la Mancha

Fray Perico y la Navidad

FRAY PERICO
Juan Muñoz Martín
EL BARCO DE VAPOR, SERIE NARANJA